우리들은 녀석을 서둘러 뒤쫓았다!
목적지는— 베젤드 마을.

9 베젤드의 요검

HAJIME KANZAKA 칸자카 하지메

일러스트 | 아라이즈미 루이
번역 | 김영종

목 차

1. 마력검, 넌 대체 어디에 있는 거냐?

쨍강.

맑고도 매우 가벼운 소리를 내며 검은 쉽게 부러졌다.

"으잉?"

"우와아아아앗!"

가우리의 얼빠진 목소리와 가이드의 비명이 주위에 울려 퍼졌다.

"잠깐만요! 어떻게 해줄 겁니까?! 검을 부러뜨리다니!"

분노와 조바심이 드러난 표정으로 우리들에게 다가오는 가이드.

"무슨 소리야? 애당초! 어느 세상에 발을 헛디뎌서 잠깐 기댄 것만으로도 부러지는 전설의 검이 있다는 거야?!"

되받아치는 나의 말에 그의 얼굴에서 완전히 핏기가 사라졌다.

"우…?! 그, 그건…

다시 말해… 원래부터 그런 전설의 검입니다!"

"그런 검이 어딨어어어어어어!"

퍼어억!

내 분노의 스크루 펀치는 가이드의 안면을 정확히 가격했다.

—전설의 무기—

유명한 것만 꼽아도 마왕의 무기라는 아골장, 쉬피드(적룡신)의 적룡검, 정신만을 베어낸다는 에르메키아 블레이드, 마왕룡(데이모스 드래곤)도 벤다는 명검 블래스트 소드, 기타 등등, 기타 등등.

그러나 주얼스 탤리스먼(보석 주부)으로 강화된 수준의 검은 논외로 치더라도, 그런 전설급의 마력검이 그리 쉽게 굴러다니는 것은 아니다.

하지만….

전설의 검에 관한 '소문'만은 흔하게 굴러다니기도 하는 것이다. 이게 또….

어딘가의 동굴에 잠들어 있다는 둥, 어느 거점에 있는 수상한 단체가 몰래 가지고 있다는 둥, 호수에 평범한 검을 집어 던지니 아름다운 아가씨가 나타나서 전설의 검을 줬다는 둥.

가장 흔한 것은 바위에 박혀 있는 전설의 검을 뽑아낸 사람이 검의 주인이 된다… 는 줄거리.

그리고 난처하게도 가끔 어떤 마을 변두리에는 실제로 바위에 박혀 있는 검이 있기도 하다.

물론 진짜일 리 없다. 대개는 근처 마을이나 그 마을 사람들이 만든 가짜다.

그리고 무엇 때문에 그런 짓을 하느냐고 하면, 대답은 똑같다.

전설의 검을 이용해서 마을의 관광 수입을 늘리려는 것.

그럴듯한 장식이 된 검을 바위에 박힌 것처럼 위장하고 빠지지 않도록 한 다음, 마을의 관광 명소로 삼는다.

심한 경우에는 마을 전체가 한통속이 되어서 관람료를 받는다거나 돈을 받고 검을 한 번 뽑을 수 있는 기회를 주기도 한다.

그렇다. 마침 나와 여행 동료인 가우리가 들른 이 마을처럼.

"원 참…, 정말로 전설의 검일 거라고 생각하진 않았지만. 단순한 헛소문도 아니고 마을이 한통속이 되어 돈을 뜯어내려는 수작을 부리다니, 소액이긴 하지만 돈을 뜯긴 게 화가 나."

관광 가이드를 때려눕히고 가우리와 둘이서 마을로 돌아간 다음.

어느 음식점에서 통닭 런치 세트를 뜯으면서 나는 말했다.

"그리 조바심 낼 거 없잖아."

"뭘 남 일처럼 말하는 거야?! 네 검 이야기라고! 네 검!"

테이블 맞은편에서 연어 소테를 게걸스럽게 먹고 있는 가우리에게 나는 언성을 높였다.

그렇다. 나와 가우리 두 사람은 지금 마력검을 찾아 여기저기를 돌아다니고 있다.

여기 있는 가우리는 뇌세포는 많이 빈약하지만 검 실력은 초일류.

얼마 전까지만 해도 그는 마족을 벨 수 있는, 빛의 검이라는 터무니없는 물건을 가지고 있었는데 그 검은 나와 관련된 사건 탓에 그의 손을 떠나게 되었다.

그런 이유로 대신할 만한 검을 찾기 위해 나와 가우리 두 사람은 소문을 캐며 여기저기 돌아다니고 있었다.

"하지만 전설의 검이 그리 쉽게 나타나는 건 아니잖아?"

"당연하지. 아무 데나 뒹굴고 있으면 전설이라고 힐 수 없으니까."

"난 평범한 검이라도 괜찮을 것 같다는 생각이 드는데…."

"무슨 소리야!"

나는 포크를 쥔 가우리의 손을 오른손으로 덥석 움켜쥐고 눈물이 그렁그렁한 눈망울로 그를 바라보았다.

"물론 네가 검사로서 대단하다는 건 인정하지만 그래도 완전히 무적은 아니야."

라고 말하면서 가우리의 시선을 피해, 비어 있는 왼손으로 그의 연어 소테를 한 조각, 두 조각씩 내 접시로 몰래 옮긴다.

"가지고 있는 게 평범한 검인 이상, 고스트나 마족이 나오면 대처할 수가 없어.

…그리고 넌 아직도 빛의 검을 가지고 있을 때의 버릇이 사라지지 않았잖아. 위험해서 못 봐주겠어.

요전에 어느 마법사와 싸웠을 때에도, 적의 플레어 애로를 베어낼 생각으로 칼자루만 휘두르다가 새카맣게 탄 일을 설마 잊은 건 아니겠지?"

"그런 일이 있었던가…?"

이 녀석…, 잊었다.

후우우우….

나는 깊은 한숨을 한 번 쉬었다.

"어쨌거나 그럭저럭 쓸 만한 마력검을 찾아주지 않으면 옆에서 보고 있는 내가 안심이 안 돼."

"그럼 귀찮게 직접 찾지 말고 아예 구입하는 게 어때?

지난번에 너를 따라서 간 마법 도구점에도 검 같은 게 꽤 많던데."

"저기 말야…

그건 탤리스먼과 애뮬릿으로 약간 날카로움과 강도를 강화시킨 정도의 물건이야.

대마(對魔) 능력은 빈약한 고스트가 상대라면 통할까 말까 하는 정도의 위력뿐이라고.

날아온 적의 공격마법을 베어내는 건 도저히 무리.

순마족이 상대라면 아마 위안거리도 안 되겠지.

쉽게 말해

그럭저럭 쓸 만한 검을 가지고 싶다면 역시 직접 찾을 수밖에 없다는 소리야."

"그 '그럭저럭 쓸 만한 검'이란 건 그런 데서 안 파는 거야?"

"당연하잖아. 만약 어딘가에서 판다는 소문이 있어도 그 시점에서 귀족이나 왕족 같은 사람들이 손을 써서 사들일 테니까.

결국 우리들이 그런 검을 손에 넣으려고 생각한다면, 직접 찾을 수밖에 없는 거야."

"그렇구나. 힘들겠네."

"그러니까… 남 일처럼 이야기하지 말라니까."

우리가 그런 이야기를 나누고 있을 때였다.

"오오! 찾았다. 찾았어!"

입구 쪽에서 들려온 쉰 목소리에 고개를 돌려보니 그곳에는 한 할아버지와 아까 뒷산에서 나에게 얻어맞은 가이드가 있었다.

검을 부러뜨렸다고 불평이라도 하러 온 건가…?

두 사람은 성큼성큼 이쪽으로 걸어왔고 할아버지 쪽이 조심스럽게 낮은 목소리로 물었다.

"실례지만… 아까 뒷산에서 검을 뽑으려던 분이신가?"

"그런데요? 혹시 우리들이 '전설의 검'을 부러뜨려서 따지러 온 건가요?"

철저하게 웃는 얼굴로 비아냥대는 나에게 할아버지는 어색한 영업용 미소를 보였다.

"아니, 아니, 말도 안 되네. 실은 그 일 때문인데…."

내 옆에 비어 있는 의자에 앉아서 목소리를 낮추고 이야기를 시작한다.

"난 이 마을 촌장을 맡고 있는 사람일세….

보다시피 결코 풍요로운 마을이라곤 할 수 없지. 교통편도 불편하고 명물이 될 만한 것도 없으니까.

그렇다면 역시 이런 짓이라도 해야 먹고살 수 있지 않겠나?

자네도 이해하지?"

그렇군. 쉽게 말해 전설이 사기라는 사실을 떠벌리고 다니지 말라는 소리인가?

그러나 평범한 상대도 아니고 전사이자 천재 마법사인 나, 리나 인버스에게 그런 우는 소리가 통할 리는 만무!

뭐… 전사니 마법사니 하는 건 이번 일과 관계가 없지만….

"풍요로운 마을이라고 할 수 없다고요…? 하지만 그런 것치곤 촌장님은 꽤 말쑥한 차림이시네요."

"움찔!"

"나이에 비해 혈색도 좋아 보이시고, 입고 있는 옷도 보기엔 수수하지만 좋은 옷감이고 말이죠. 거기 있는 가이드분도 마찬가지고."

"움찔!"

"움찔!"

내 말에 노골적으로 안색이 바뀌는 두 사람.

이 녀석들…, 가짜 검 수입으로 배를 채웠군….

"뭐… 뭐, 그건 일단 접어두도록 하지.

일단 자네들에게서 받은 검의 관람료와 도전료는 돌려주겠네."

이렇게 말하더니 촌장은 품속에서 작은 가죽 주머니를 꺼내어 테이블 위에 툭 올려놓았다.

대금을 돌려주는 것치곤 양이 꽤 많은데…?

나는 빤히 촌장과 가이드를 노려보았다.

"혹시 여기에… 업계 용어로 '입막음료'라는 게 들어 있지 않나요?"

"아니, 뭐… 그것도 좀 있지…. 역시 여기저기에 이상한 소문이 퍼져서 이 마을의 평판이 떨어지는 건 별로 환영할 수 없으니 말이네."

"그래서 우리들의 입을 다물게 하고 또 가짜 전설의 검으로 사욕을 채우려고요?"

"움찔! 아니, 아니! 이제 두 번 다시 그런 짓은 안 할 거네!"

하지만 당황해서 설레설레 손을 내젓는 촌장의 그 눈은 '젠장, 간파당했군!'이라고 말하고 있었다.

"하, 하지만 이 이상의 지출은…

오오! 맞다!"

촌장은 손을 한 번 탁 치더니 말했다.

"자네들, 검을 찾고 있는 모양인데 다행히도 나는 그런 부류의 전설을 하나 알고 있다네!

그 전설을 가르쳐줄 테니까 이번 한 번만 못 본 체해주지 않겠나…?"

"검의 전설이라고요…?"

억지로 갖다붙인 듯한 그 말에 나는 대놓고 눈살을 찌푸렸다.

가짜 전설 검으로 한밑천 잡은 할아버지가 전설의 검 이야기를 알고 있다고 말해봤자 믿음이 가지 않는다.

"어차피 그것도 가짜 아니에요?"

"아닐세, 아니야!

물론 내가 직접 현장에 가서 전설의 검인지 뭔지 하는 물건을 본 건 아니네만 그런 이야기가 있다는 것만큼은 틀림없는 사실이라네."

"흐음…

뭐, 그렇게까지 말씀하신다면 일단 이야기만이라도 들어보도록 하죠."

"오오! 그럼!"

"말해두지만…."

희색이 만면한 촌장을 나는 손가락으로 척! 가리켰다.

"만약 너무나 뻔한 거짓말 같으면… 알죠?"

"그… 그야 물론…!"

"좋아요, 그럼 들어보도록 하죠. 그 이야기인지 뭔지를."

"으… 음…

여기서 동쪽으로 난 큰길을 따라 북쪽으로 4~5일 정도 가면 베젤드라는 마을이 있네."

"흠흠."

"그곳 산중턱에 동굴이 뚫려 있는데…."

산속 동굴…?

왠지… 갑자기 거짓말의 냄새가 풍겨온다.

"그 안에 바위에 박힌 한 자루의…."

"또 그 이야기냐아아아!!"

퍼어어어억!

내 분노의 철권은 촌장의 안면에 제대로 꽂혔다.

"원 참… 이야기를 꾸며대려면 좀 더 그럴듯하게 꾸며댈 것이지."

섣부른 거짓말을 하는 촌장을 때려눕히고 입막음료도 챙긴 다음.

나와 가우리 두 사람은 그 마을을 뒤로했다.

색이 배어나올 듯 푸른 하늘. 따뜻한 햇살.

나귀가 끄는 짐마차가 덜컹덜컹 큰길을 가고 있다.

뭐, 마력검의 실마리다운 실마리는 결국 찾지 못했지만 가끔은 이렇게 정처 없는 느긋한 여행도 좋은 법이다.

여기에 갑자기 도적들이 나타나서 나한테 퇴치되고 보물들까지 수북하다면 더할 나위 없겠는데….

"그런데 리나, 이제 어떻게 하지?"

가우리가 그렇게 물은 것은 큰길 저편으로 숲에 둘러싸인 작은 마을이 보였을 때였다.

"글쎄…? 일단 베젤드에라도 가볼까 하고 생각 중인데…."

"베젤드?"

내 대답에 가우리는 약간 미간을 좁힌다.

"어딘가에서 들어본 이름인데…?"

"그러니까… 그 사기꾼 촌장이 말했던 그 마을 말야."

"오, 맞아. 그랬다."

가우리는 한동안 고개를 끄덕거리다가 다시 미간을 좁힌다.

"그런데 너, 그 이야기도 거짓말이라고 하지 않았나?"

"했지. 아마 틀림없는 거짓말일 거야."

"……?"

내 말에 잠시 침묵하는 가우리.

새들의 한가로운 지저귐 소리만이 잠시 주위를 지배했다.

"잘 모르겠지만… 그럼 어째서 그 베젤드로 가는 거지?"

"흠… 달리 갈 곳도 없다는 게 솔직한 이유려나?"

"이봐, 이봐."

"진짜 전설의 검 이야기가 그리 쉽게 굴러다니는 건 아니야. 만약 그런 이야기가 있다고 해도 이미 옛날에 다른 누군가가 찾아내고 말았겠지.

특별히 갈 곳이 없으니까 밑져야 본전이라는 생각으로 일단 가보기나 하자는 생각이야.

뭐, 관광이라도 하는 기분으로 느긋하게 가자고."

"그래, 가끔은 이런 속 편한 여행도 좋겠지."

"그런 거야."

나는 싱긋 웃고 고개를 끄덕였다.

콰아아아아아앙!

멀리서 들리는 폭음이 한가한 분위기를 날려버린 것은 바로 그

때였다. 소리의 원인은… 찾을 것까지도 없었다. 앞에 보이는 마을 한구석에서 한 줄기 검은 연기가 피어오르고 있었으니까.

"왠지 좀 갑작스럽네."

"느긋하게 굴 때가 아닌 것 같아.

가자! 리나!"

"오케이!"

사건이 있는 곳엔 위험과 돈 되는 이야기가 있다!

그런 이유로 나와 가우리는 마을 쪽으로 달려갔다.

두 사람이 현장에 도착했을 때 이미 그곳에는 마을 사람들이 모여 있었다.

일동의 눈앞에서는 한 채의 집이 파이어 볼인지 뭔지를 얻어맞았는지 일부가 무너져서 새까만 연기를 내뿜고 있다.

"무슨 일이죠?!"

묻는 나에게 마을 사람들은 당황한 얼굴로 대답했다.

"아니, 그게, 우리들도 잘….."

"소리에 놀라 와보니 이미….."

"이곳에는 여자아이가 한 명 살고 있었어! 너희들, 건물 잔해를 치우는 걸 좀 도와주지 않을래?"

"오케이! 나한테 맡겨요! 한 방에 해결할 테니까!"

말하고 나서 나는 주문을 외우고….

"부 부라이마[靈呪法]!"

그르르르르르르륵!

힘 있는 말에 부응해서 근처 땅이 불쑥 솟구치더니 골렘(흙인형) 한 마리를 만들어냈다!

오오오오오!

구경꾼들이 술렁거렸다!

"골렘! 여기 있는 잔해들을 치워!"

"구오오오오오!"

내 명령에 응답해서 골렘은 아직 연기를 내뿜고 있는 잔해를 가볍게 치우기 시작했다.

그러나 그 작업이 시작된 지 얼마 되지 않았을 때.

콰아아아앙!

두 번째 폭음이 뒤쪽 숲 속에서 들려왔다.

"골렘! 이 안에서 사람이 나오면 그 위에 있는 잔해를 치우고 대기해! 아니면 잔해를 다 치울 때까지 작업을 계속하고!"

나는 골렘에게 명령을 내리고 가우리와 함께 숲 속으로 달려갔다.

풋풋한 풀냄새.

폭음에 놀랐는지, 아니면 살기를 느낀 것인지 새소리는 들리지 않았다. 그리고….

콰아아아아앙!

세 번째 폭음은 생각보다 가까운 곳에서 들려왔다.

나와 가우리는 얼굴을 마주 보고 고개를 끄덕인 다음, 소리가 난 방향으로 달려갔다.

"큭?!"

고양이를 연상시키는 민첩한 동작으로 소녀는 수풀 위에 착지했다.

나이는 대략 열네댓 살 정도일까? 다소 작은 체구에 큰 눈을 가진 소녀였다.

차림은 평범한 마을 소녀라는 느낌이다.

땋아 내린 긴 검은 머리카락이 어깨 위까지 내려와 있다.

"도망칠 수 있을 거라 생각하는 건 아니겠지?"

그 눈앞에 말 그대로 그림자처럼 우뚝 서 있는 것은 전신에 검은 옷을 걸친 한 남자.

눈 외에는 죄다 가린 암살자 스타일. 그러나 암살자와는 어딘지 분위기가 다르다.

"혹시라도 내 손에서 도망칠 수 있다고 해도!

그 뒤에는 대체 어디로 갈 생각이냐?

의지할 가족도 없고, 돌아갈 집도 내 파이어 볼로 이제 사라졌다.

밤하늘 밑에서 혼자 고독을 곱씹을 생각이냐?

쓸데없는 고집 피우지 말고 얌전히 날 따라오는 편이 신상에 좋을 거다."

"원 참… 보기와는 달리 잘도 주절거리네."

검은 옷에게 그렇게 말한 것은 소녀가 아니었다.

"……?! 누구냐?!"

남자가 돌아본 그곳에는… 말할 것도 없이 폭음과 싸움의 기척을 뒤쫓아 달려온 나와 가우리 두 사람의 모습.

"웬 놈들이냐?! 너희들은?!"

"너처럼 수상한 꼬락서니를 하고 있는 녀석에게 정직하게 이름을 밝힐 것 같아?"

"수상쩍다고?! 사람을 악당처럼 말하지 마라!"

언성을 높이며 검은 옷이 말했다.

너… 설마 그 차림으로 정의의 사도라고 말하는 건 아니겠지?

"그전에 너희들! 누구인지 모르지만 어째서 이런 곳까지 온 거냐?!"

"지나가는 도중에 마을에 있는 집이 폭파되고 숲 속에서 폭발음이 들려왔어.

보통 이 정도 소란이 일어나면 누구라도 보러 오는 법이야.

그럼 묻겠는데, 네가 사는 곳에선 갑자기 다른 사람의 집을 공격주문으로 파괴하고 여자아이를 유괴하려고 하는 녀석을 악당이라 안 불러?"

"그, 그건…?

이, 임무니까 괜찮아!"

"임무…?"

남자의 말에 나는 무심코 미간을 좁혔다.

"너희들이 참견할 일이 아니다!"

"뭐, 어쨌거나."

말하면서 가우리가 성큼 한 발짝 나섰다.

"난 그냥 두고 볼 생각은 없어.

대화로 해결할 생각은 너도 없지 않아?"

"당연하지.

너희들이 정의의 사도인 양 참견하는 것은 자유지만, 한 가지 충고는 해두겠다. 얌전히 돌아갈 생각이 없다면 나도 그 나름대로 대처를 할 수밖에 없어.

무슨 말인지 알지?"

"쉽게 말해 입막음을 하겠다는 소리야?"

검은 옷의 흔해 빠진 협박을 나는 코웃음으로 날려버렸다.

"너 말야, 우리들이 그런 협박으로 얌전히 물러날 것 같았으면 애당초 너처럼 수상쩍은 녀석에게 참견하지도 않았어."

"……."

내 말에 남자는 아무 말 없이 허리에 차고 있던 쇼트 소드를 스릉 뽑았다.

자세에 꽤 절도가 있다.

이 검은 옷… 보기와는 달리 조금 말은 많은 듯하지만 자세로 보건대 아무래도 상당한 실력자인 듯하다.

한편 그동안 쫓기고 있던 여자아이는 무슨 까닭인지 움직이려고 하지도 않고 마치 일이 어떻게 되어가는지 지켜보려는 듯 그저 우뚝 서 있기만 했다.

나로선 우리와 검은 옷이 이야기를 나누고 있는 틈에 냉큼 도망쳐주길 바랐는데, 그렇다고 드러내놓고 말할 수도 없는 일.

가우리가 롱 소드를 스릉 뽑아 들고 말했다.

"나는 가우리 가브리에프다."

"나는 자인이라고 불러주길 바란다."

검은 옷이 말한 그 순간.

"이 멍청아!"

질책하는 목소리가 바로 뒤에서 들려왔다.

수풀이 작게 부스럭거리더니 우리들 앞에 모습을 드러낸 것은, 자인처럼 전신을 검은 옷으로 쫙 빼입은 남자 한 명.

기척을 숨기고 숨어 있었던 건가?!

그렇다면 여자아이가 움직이지 않았던 건 근처에 잠복해 있는 그 녀석의 기척을 눈치채서인가? 나조차 눈치채지 못했던 그 기척을?

검은 옷 2의 질책에 자인은 완전히 당황해서 더듬거렸다.

"가… 가르…."

"내 이름을 부르지 마라!"

"하… 하지만…."

"모르는 상대에게 자신의 이름을 밝히고, 게다가 동료의 이름까지 부르다니! 부주의에도 정도가 있다!"

"하… 하지만… 이름이라고 해봤자 작전명인데요."

"이봐…."

아무 생각도 없는 듯한 자인의 말에 검은 옷 2는 완전히 핏대를 세웠다.

뭐, 부하가 이 모양이니 고생 좀 하겠어.

나는 한숨을 한 번 쉬었다.

"작전명이라고 하는 걸 보니 너희들은 왕족이나 영주가 이끄는 조직이겠구나."

"아니?! 어떻게 그것을?!"

보라고. 또 이렇게 내 떠보기 술책에 걸려들잖아….

후우….

자인의 말에 가르인지 뭔지는 한숨을 크게 한 번 쉬었다.

"어쨌거나 이걸로 많은 게 알려지고 말았군."

동요하는 자인과는 대조적으로 냉철한 어조였다.

"미안하지만 입막음을 해야겠다.

탓을 하려면 부주의하게 끼어든 자신들과 자인의 가벼운 입을 탓하도록 해라."

"정말 멋대로 지껄이는구나.

정말 재미있어! 할 수 있으면 해봐!"

나와 가우리 두 사람과 검은 옷 두 사람의 시선이 불꽃을 튀겼다!

하지만 마음에 걸리는 것은 문제의 여자아이가 여전히 그 자리에서 움직이지 않는다는 점.

단순히 발이 얼어붙어서 움직이지 못하는 것인지, 아니면….

아직 검은 옷의 동료가 근처에 숨어 있어서 그 사실을 간파한 것인지.

"사악!"

내 잡념을 베어내듯 먼저 움직인 것은 자인이었다!

나무 사이를 지그재그로 가로질러 달려와서 가우리와 거리를 단숨에 좁힌다!

빠르다!

나뭇가지 사이로 새어 들어온 햇살에 두 줄기 은빛 광선이 번뜩였다.

카앙!

"칫!"

첫 번째 공격이 가우리의 검에 막힌 순간, 자인은 혀를 한 번 차고 바로 다음 공격을 펼쳤다.

분명 강하긴 하지만 내가 보기에는 역시 가우리의 실력에 미치지 못한다.

자인의 두 번째 공격과 동시에 검은 옷 1도 검을 뽑아 들고 나를 향해 달려왔다!

이제 와서 주문을 외우는 것은 늦다! 나는 허리에 찬 쇼트 소드를 뽑아 들고 그 틈에 주문을 외우며 일격을 막아냈다!

카앙!

큭…?!

이쪽도 상당히 강하다!

최근 가우리가 도와주어 조금씩 검술을 익혔기에 망정이지 그렇지 않았다면 방금 그 일격에 당했을지도 모른다.

검은 옷 2도 자인과 마찬가지로 공격이 막히자 곧바로 검을 거두고 크게 옆으로 도약해서 다시 검을 치켜들었다.

그리고 이번엔 내가 아니라 가우리를 향해 검을 내리친다!

둘이서 먼저 가우리를 해치울 속셈인가?!

"칫!"

가우리는 검은 옷 2의 공격을 검으로 막고 자인의 공격은 약간 몸을 뒤로 빼서 피해냈다.

그그극!

자인의 검 끝이 가우리의 브레스트 플레이트(가슴 갑주)를 긁으며 주위에 듣기 거북한 소리를 냈다.

검은 옷 2가 가우리의 움직임을 봉인한 상태에서 자인은 다시 공격 자세를 취했다.

그러나 그 일격보다 더 빨리 내 주문이 완성되었다.

"딤 윈[魔風]!"

고오!

"우왁!"

내가 만들어낸 살상력이 거의 없는 강풍은 한데 뭉쳐 있던 세 사람을 통째로 날려버렸다!

좋았어! 가우리도 함께 날아갔지만 일단 검은 옷들의 공격을 방해하는 데엔 성공했다!

"이런?! 같은 편까지 날려버리다니?!"

황급히 풀 위에서 몸을 일으키고 어이없다는 어조로 말하는 자인.

"훗! 물러터졌구나! '대를 위해 소를 희생한다'는 말도 몰라?"

"무슨 성격이 그러냐, 넌…."

황당하다는 표정으로 중얼거리는 그에게 나는 살짝 미소를 보였다.

내가 자인과 만담을 나누고 있는 동안, 가우리는 다시 일어나서 검으로 자세를 취했다.

나는 가우리가 태세를 갖출 때까지 시간을 벌기 위해 그런 말을 했던 거다. 아니라면 아닌 거다. 제발 믿어줘.

하지만 이 녀석들… 실력도 좋은데다 목적을 위해선 수단과 방법을 가리지 않는다. 멍청해 보이는 자인조차 결코 방심할 수 있는 상대가 아니다.

그렇다면 여기서는 한 방에 끝장을 내야!

"가우리! 큰 거 한 방 날릴게! 맞으면 미안해."

내 공갈에 검은 옷 두 사람과, 그리고 누구보다 가우리가 동요했다.

"자, 잠깐, 리나! 생각을 고쳐먹어!"

"리나?! 혹시 리나 인버스?!"

내 이름에 소리를 지른 건 검은 옷들이 아니라 그때까지 구경만 하고 있던 그 소녀였다.

"리… 리나 인버스라고?!"

"아십니까? 이 여자를?!"

놀란 목소리를 낸 가르 뭐시기에게 자인이 물었다.

"모르는 거냐?! 사람들에겐 말 못 할 여러 가지 별명으로 알려진, 친구로 삼고 싶지 않은 녀석 베스트 텐에서 항상 상위를 차지하고 있는 마법사란 말이다!"

"어디에 그런 베스트 텐이 있는 거야아아아!"

검은 옷의 말에 무심코 절규하는 나.

원 참… 이런저런 일로 이름이 좀 알려지면 좋지 않은 소문만 나도는 게 세상 이치이긴 해도….

검은 옷 2는 칫 하고 작게 혀를 차더니 말했다.

"상대를 잘못 만났군. 하지만 2대2라면 아직 승산은 있다."

"그럼 4대2는 어때?"

목소리는 뒤쪽…, 마을과 가까운 쪽에서 들려왔다.

검은 옷들의 모습을 시야 끝에 둔 채 고개만 돌려 돌아보니 그곳에는 한 쌍의 남녀가 있었다.

둘 다 스물 남짓으로 보였다. 남자 쪽은 검은색 단발, 장신에 조금 눈초리가 사나운 것이 옥에 티. 한편 여자 쪽은 긴 은발을 포니테일로 묶은, 키가 큰 미인이었다.

남자는 라이트 메일, 여자는 가죽제 숄더 가드를 각각 몸에 두른 채 양쪽 모두 검을 들고 있다.

쉽게 말해 여행 중인 용병 2인조라고 해야 할까? 적어도 검은 옷들의 동료는 아닌 것처럼 보인다.

"자, 어떡할래?

계속해서 이곳에서 난리 치고 있으면 마을 사람들도 구경하러 달려올 것 같은데 말야."

"칫…! 철수하자!"

남자의 말에 검은 옷 2는 혀를 한 번 차고 수풀 속으로 뛰어들어 사라졌다.

꽤나 선선히 물러나는군.

"이걸로 끝이라고 생각 마라! 또 오겠다. 기다려라!"

대조적으로 악당 같은 대사를 남기고 자인이 그 뒤를 따랐다.

후우….

나와 가우리가 안도의 한숨을 내쉰 것은 멀어지던 기척이 완전히 사라진 뒤의 일이었다.

"어쨌거나—

도와줘서 고마워."

말하는 나에게 남자는 설레설레 손을 저었다.

"신경 쓰지 마, 특별히 너희들을 도운 건 아니니까.

저기 있는 아가씨랑 조금 아는 사이라서 말이지."

그러면서 댕기머리 소녀를 눈으로 가리켰다.

"여, 오랜만이야, 쉐라.

방금 그 검은 옷 녀석들도 혹시 그 일 때문이야?"

"몰라요!"

싱글거리는 남자의 질문에 그녀는 무뚝뚝한 어조로 대답하고 어깨에 걸려 있던 머리카락을 손끝으로 튕겨냈다.

그 일…?

"저기… 가능하면 사정 설명 정도는 해줬으면 좋겠는데…"

내 말에 남자는 돌아보지도 않고 살랑살랑 손을 휘저었다.

"어? 너희들 아직도 있었어? 이제 돌아가도 좋아."

울컥….

"잠깐…."

"쉐라, 네 심정은 충분히 이해해.

하지만 세상은 고집을 부린다고 되는 것만은 아니야."

"이봐…."

"고집을 부리다가 오늘 같은 꼴을 당하면…."

"야! 거기, 아저씨!"

움찔!

'아저씨'라는 내 말에 남자의 어깨가 크게 떨렸다.

좋아! 동요하고 있다. 동요하고 있어! 이대로 내 페이스로 끌어오면 만사 오케이!

"아, 아저씨…?"

이마에 핏대를 세우면서 그그극 이쪽을 돌아보는 남자.

그러나 상대가 불평을 늘어놓기보다 먼저.

"애당초 먼저 현장에 도착한 건 우리라고! 그런데 갑자기 끼어들어서 아무것도 한 것도 없는 주제에 사정 설명도 안 해주고 그저 자기 좋을 대로 '그만 됐으니까 돌아가라'고 지껄이는 그 두꺼운 낯짝! 그거야말로 아저씨, 아줌마라는 증거야!

네 나이가 실제 몇 살인지는 모르겠지만 마음만은 분명 아저씨가 맞아!"

"으으…!"

나에게 일방적으로 당한 남자는 도움을 요청하려는 듯 동료 여성에게 시선을 보냈다.

그러나 그녀는 호기심 어린 시선을 우리들에게 쏟고 있을 뿐, 남자를 거들고 나설 낌새는 전혀 없다.

좋았어! 이대로 아저씨라고 계속 불러서 완전히 호칭으로 정착시킨다.

…….

아니, 그게 아니지.

애당초 목적은 이 녀석을 아저씨라고 부르는 게 아니라 대체 뭐가 어떻게 된 것인지 사정을 듣는 거였다.

훗, 잘못하면 이성을 잃을 뻔했네.

하지만 이대로 이 남자와 이야기를 계속해봤자 말다툼만 일어날 뿐, 제대로 된 이야기를 들을 수 있을 것 같지는 않다.

동료 여성은 꽤나 입이 무거운 것 같고….

그렇다면 노려야 할 상대는 오직 한 명!

나는 남자 옆을 지나쳐서 쉐라라고 불렸던 소녀에게 싱긋 미소를 보냈다.

"너, 나 알고 있니?"

"예? 예…. 뭐… 여러 가지 의미로 유명한 사람이니까요."

'여러 가지 의미로'라는 말에 다소 걸리는 바가 없지는 않았지만 나는 일부러 무시했다.

"그렇구나. 그럼 이야기가 빠르지.

사인해줄 테니까 사정을 가르쳐줘♡"

"예…?!"

움찔! 쉐라의 얼굴이 완전히 굳었다.

"예? 아니… 저기… 그게…."

"저기 말야, 너…."

무슨 까닭인지 갈팡질팡하는 쉐라에게 가우리가 걱정스러운 듯 말을 걸었다.

"충고하는데 여기선 미친개한테 물린 셈 치고 얌전히 사인을 받는 게 좋아.

물론 리나의 사인 따윈 가지고 있어봤자 기분만 찜찜할 테지만…."

으득…!

"여기서 '그런 거 필요 없어'라고 솔직하게 말해봐. 분명 리나 녀석, 길길이 날뛸 거야.

뭐, 그런 사인이라도 도둑 방지 부적이라든지 냄비 받침 정도의 역할은…."

퍼억!

아무 말 없이 내가 휘두른 어른 머리만 한 돌에 뒤통수를 얻어맞고 나서야 가우리는 조금 얌전해졌다.

"나에 대해 별로 좋지 않은 소문이 퍼져 있다는 건 나도 알고 있어.

하지만 단순히 소문만 듣고서 자기 눈으로 확인해보지도 않고 상대의 사람됨을 판단하는 건 안 좋다고 생각지 않아?"

나의 진지한 설득에 무슨 까닭인지 딱딱한 표정을 지은 쉐라는 어색하게 고개를 끄덕였다.

"물론 누구든 이야기하고 싶지 않은 비밀 한두 가지는 있을 거야. 그래도 무슨 이유인지 그 검은 옷들은 널 노리고 있었고, 끼어든 우리들을 죽이려고까지 했어.

괜찮겠어? 그런 큰일을 말하고 싶지 않다는 이유만으로 끝내버려도."

"……."

내 말에 잠시 침묵하는 그녀.

좋아! 거의 다 넘어왔다!

"뭐, 이러니저러니 해도 멋대로 참견한 것은 우리니까 하나부터 열까지 모두 이야기하라는 말은 아니야.

하지만 최소한 이야기할 수 있는 부분만이라도 이야기해줬으면 해.

말을 하면 속이 편해질지 모르고, 쓸데없는 참견이라는 건 알지만 어쩌면 우리들이 조금은 힘이 될지도 모르잖아?"

"아냐, 아냐, 아냐, 아냐, 이야기할 필요 없어."

내 말을 차단하듯 남자가 성큼 쉐라에게 다가갔다.

"힘이라면 우리들이 되어줄 테니까. 안 그래? 미리나."

동의를 구하자 은발 여성은 쓴웃음을 지었다.

"아무래도 좋지만 루크, 너 흑심이 뻔히 보여."

"이봐, 이봐, 흑심이라니. 오해받을 소리 좀 하지 마.

난 그저 귀여운 여자아이가 곤란에 빠져 있는 상황을 그냥 두고 볼 수 없어서 한 말이라고.

하지만 오해는 하지 마, 미리나. 내가 정말로 사랑하는 건 너뿐이니까♡"

"바보."

루크인가 하는 녀석의 말에 미리나는 작게 중얼거렸다.

뺨을 붉게 물들이고 시선을 조금 돌리면서 "바보"라고 했다면 '오오?! 닭살 커플인가?!' 하고 생각하겠지만….

도끼눈에 어이없다는 목소리로 '바보(단호한 어조)'였다.

아무래도 루크 쪽이 일방적으로 미리나에게 반해서 따라다니고 있는 모양.

허나 지금은 그런 건 아무래도 좋다.

"귀여운 여자아이가 곤란에 빠져 있는 걸 그냥 두고 볼 수 없다고? 그렇다면 내가 사정을 몰라서 곤란에 처한 건 괜찮은 거야?"

내 말에 루크는 잠시 물끄러미 나를 바라보았다.

"얄미운 여자아이가 곤란해하는 꼴을 보는 건 엄청 좋아해."

퍼억!

"뭐라고오오오오!"

항의의 목소리가 도달하기도 전에 내 부츠 바닥이 루크의 안면에 박혔다.

"너! 무슨 짓이야?!"

"시끄럿! 누가 그런 소릴 하래!"

"내가 무슨 못 할 소리 했냐?!"

"당연하지! 그런 무신경한 소리를 해대니까 미리나가 상대를 안 해주는 거야!"

"우우, 누… 누가 상대를 안 해준다는 거야?! 우리 두 사람은 누가 어딜 보건 뜨거운♡ 커플이라고. 안 그래? 미리나?"

"그럴 리 없잖아."

루크의 창피한 말에 발끈했는지 다소 매몰차게 말하는 그녀.

"뭐어어어어?! 내 사랑이 아직 안 통한 거야아아?!"

"흐흥! 보라고! 전혀 상대를 안 해주잖아!"

"시끄럿! 너 같은 유아 체형이 사랑에 대해 뭘 안다고 그래?"

"울컥! 누가 유아 체형이라는 거야?"

"저기… 다 좋은데 저 애, 가버리겠어."

"가우리는 닥치… 뭐?"

어느 틈엔가 부활한 가우리의 말에 황급히 시선을 돌려보니, 혼자서 터벅터벅 마을 쪽으로 돌아가고 있는 쉐라의 모습.

"아… 자, 잠깐!"

"기다려줘! 쉐라!"

황급히 그 뒤를 쫓는 네 사람.

"어째서 너희들까지 따라오는 거야?"

루크가 도끼눈을 하고 우리들에게 따지자 나도 도끼눈으로 되받아쳤다.

"마을이 이쪽이니까 어쩔 수 없잖아. 너희들이야말로 어째서 저 애를 따라다니는 거지? 꽤나 싫어하는 모양이던데."

"호오, 그러는 넌 아닌 것 같아?"

"적어도 너보다는 덜 싫어한다고 생각해."

"헤헤, 건방진 소릴 하는군."

"음음음, 원한다면 얼마든지 말해줄 수 있어."

나와 루크의 시선이 보이지 않는 불꽃을 튀기며 숲 속에 살벌한 분위기를 조성했다.

그런 우리들과 조금 떨어져서 가우리와 미리나는 일행이 아닌 척 따라오고 있었다.

하지만 이 루크 일행….

쉐라와 나누던 대화를 보면 싫어하는 그녀를 둘이서 따라다니고 있는 모양인데.

혹시 이 두 사람의 목적은 좀 전의 그 검은 옷들과 똑같지 않을까?

문제는 그 '목적'이 무엇인가 하는 점.

가장 가능성이 큰 것은 말할 것도 없이 보물이다.

쉐라는 뭔가 보물 열쇠를 가지고 있고 그걸 지키고 있는데 검은 옷들과 루크 일행이 동시에 그걸 노리고 있다.

그렇게 생각하면 모든 것의 앞뒤가 맞는다.

그리고 내 예상대로 그 검은 옷들이 무슨무슨 왕국이나 영주에 소속된 특수 부대라면 그런 녀석들이 노리고 있는 보물이 시시껄렁한 물건일 리가 없다!

그렇다면 역시! 나로선 여기서 물러설 수는 없는 일! 곤경에 처한 쉐라를 구하고 마구마구 은혜를 베풀어서….

"아아아아아앗?!"

갑자기 울려 퍼진 쉐라의 비명이 내 생각을 중단시켰다.

"왜 그래?!"

말하고 나서 그녀 쪽으로 달려갔다.

루크와 옥신각신하며 이것저것 생각하는 동안, 일행은 마을까지 도착한 참이었다.

비명을 지르고 굳어 있는 쉐라 앞에는 모여 있는 마을 사람들과 내가 만들어낸 골렘.

그리고 이미 쓰레기로 변한, 한때 그녀의 집이었던 것이 있었다.

"무사했니?!"

"무슨 일이 있었어?!"

제각각 묻는 마을 사람들을 무시하고 쉐라는 작은 목소리로 말했다.

"내… 집…."

"아, 그거라면 저기 있는 사람이 네가 잔해에 묻혀 있지 않을까 해서 저 골렘을 불러내서 밀어버렸는데…."

그녀의 중얼거림을 듣고 마을 사람 한 명이 나를 가리키며 설명했다.

"호오오오…."

쉐라는 그그극 내 쪽을 돌아보았다.

"분명 일부는 파이어 볼로 날아가긴 했지만 일부는 아직 쓸 수 있었는데… 친절하게도 당신이 골렘으로 끝장을 내주신 거군요?"

우…?!

아, 안 돼! 쉐라의 눈동자에는 노골적으로 분노의 불꽃이 타오르고 있다.

여기선 어떻게든 얼버무려야!

"아, 아니, 특별히 그럴 생각은….

골렘에게 '잔해를 치워줘'라고 말하고 숲 속으로 들어갔는데

아무래도 골렘 녀석, 어디까지가 잔해고 어디까지가 집인지 판단을 못 하고 몽땅 밀어버린 모양이야.

아하, 아하하, 정말 난처하게 됐구나."

"'난처하게 됐구나'가 아니에요!"

내 말에 절규하는 쉐라.

"어떻게 해줄 거예요?! 이래선 오늘 밤 잘 곳도 없잖아요오오오!"

"아니, 그건, 저기….

어, 어쨌거나 곤란한 일이 생기면 나한테 의논해."

"당신 때문에 곤란해요! 집 어떻게 해줄 거예요?!"

"으… 으음…

아, 맞다! 골렘을 왕창 만들어서 그걸로 집을 짓는 건 어떨까?"

"그런 기분 나쁜 집에선 살고 싶지 않아요!"

음… 생활환경에 민감한 녀석이네….

어떻게든 쉐라의 마음을 풀어줄 좋은 방법이 없을까 하고 나는 이것저것 머리를 굴렸다.

그리고 결국.

일단 그날은 내 부담으로 여관에 묵는 것으로 일단락되었다.

"그런데 문제는 어째서 너희들까지 이곳에 있느냐 하는 거야."

그날 밤.

여관 1층 식당에서 나는 테이블 맞은편에 앉아 있는 루크와 미리나를 차가운 시선으로 바라보며 말을 던졌다.

하지만 루크는 눈 하나 깜짝하지 않고 가벼운 어조로 대꾸했다.

"어쩔 수 없잖아. 이 마을에 여관은 이곳뿐이니까."

"그럼 어째서 우리들과 같은 테이블에 있는 거지?"

"너희들과 같은 테이블에 앉은 게 아냐. 쉐라와 동석하고 있을 뿐이지."

정작 화제의 당사자인 쉐라는 우리 네 사람의 존재는 완전히 무시하고 불쾌한 표정으로 묵묵히 요리를 입에 넣고 있다.

으음… 역시 아직 기분이 풀리지 않았어.

이럴 때에는 괜히 둘러대거나 아양을 떠는 것보다는 잠시 내버려두는 게 제일이다.

그렇게 생각하고 나는 일단 다른 화제를 꺼내려고 했는데….

쉐라는 상대를 해주지 않고 미리나는 꽤 과묵한 탓에 이야기는 아무래도 나와 루크의 말다툼이라는 형태가 되어갔다.

물론 가우리는 논외. 그에게 언쟁이나 교섭을 시키는 건 버드나무 가지에 밧줄을 묶고 번지 점프를 하는 꼴이나 마찬가지이다.

하지만 이대로 루크와 언쟁을 계속하는 건 분위기만 험악하게 만들 뿐 쉐라의 마음이 풀리는 데에는 전혀 도움이 되지 않는다.

아예 방침을 변경해서 쉐라에게 직접 말을 걸어볼까?

"아직… 화가 나 있는 거야? 쉐라."

조용한 눈길을 그녀에게 돌리고 나는 연어 버터 소테를 베어 물었다.

"내가 생각 없는 명령을 내린 탓에 쉐라의 집이 완전히 무너진 건 사실이긴 해…."

양배추로 싼 로스트비프 덩어리를 입에 넣으면서 나는 차분하게 말했다.

"그 일에 관해선 미안하다고 생각하고 있고 사과해야 한다고 생각해⋯."

새우 조림을 한 입, 두 입.

"하지만 사과한다고 그걸로 끝, 만사 오케이는 아니야."

빵 사이에 양배추와 돼지고기 소시지, 레몬 조각 하나를 잘라 넣고 한 입.

"그래서 최소한 무언가 도움이 되어주고 싶어."

"설득력이 없어요오오오!"

땡그랑!

대체 뭐가 마음에 안 들었는지 쉐라는 나이프와 포크를 테이블 위에 내던지고 자리에서 벌떡! 일어났다.

"집 문제는 이제 됐어요!

그보다 더 이상 절 따라다니지 마세요!

당신들도! 당신들도!"

나와 루크를 번갈아 척! 척! 가리키고 그녀는 빙글 돌아서서 방 쪽으로 사라졌다.

"어떻게 할 거야? 괜히 화만 더 부채질했잖아!"

도끼눈으로 나를 쳐다보며 음험한 어조로 말하는 루크.

"내 탓처럼 말하지 마!"

"완전히 네 탓이잖아!"

"어디가?!"

"그런 태도로 그런 말을 하면 누구든 화낼 거라 생각해!"

"난 그렇게 생각 안 해!"

나와 루크 두 사람의 시선이 잠시 불꽃을 튀겼다.

"아침까지 기다리자."

폭발 직전까지 험악해진 분위기를 너무나 쉽게 풀어버린 것은 미리나의 조용한 한마디였다.

"하룻밤 푹 쉬면 그녀도 조금은 진정될 거야."

"으… 응…. 그건 그래."

"뭐, 미리나가 그렇게 말하면 나도 이견은 없어."

"그래? 다행이네.

그럼…

식사 정도는 조용히 하게 해줄래?"

그녀는 그렇게 말하고 싱긋 미소 지었다.

"쉐라라면 아침 일찍 나갔는데?"

""예…?""

여관 아저씨의 말에 우리 네 사람의 표정은 그대로 굳었다.

사건 다음 날 아침, 쉐라를 제외한 네 명은 험악한 분위기 속에서 아침 식사를 마친 다음,

나올 기미가 없는 그녀가 걱정되어 방을 들여다보았다. 하지만 그곳은 이미 텅 비어 있었다.

혹시 밤새 그 검은 옷들에게 잡혀간 건 아닐까 하고 여관 주인에게 짚이는 데가 없냐고 물어보았더니

이런 대답이 돌아왔던 것이다.

아침 산책… 치곤 너무 길다.

"저, 저기…, 그래서 그녀는 어디로 간다고 이야기 안 했나요?"

내 질문에 아저씨는 잠시 생각했다.

"으음…, 어디로 간다고 이야기하진 않았는데…."

"무슨 다른 말을 남겼나요?!"

"딱 하나…."

"뭐죠?!"

"여관비는 갈색 머리의 여마법사… 너한테서 받으라더군."

"……."

듣지 않아도 될 말을 듣고 할 말을 잃는 나.

그 광경을 곁눈으로 바라보며 루크는 비아냥댔다.

"그럼 쉐라는 이제 안 돌아올 생각이로군.

아아, 불쌍하기도 하지….

누군가가 집만 안 부쉈어도…."

"…윽?!

…뭐… 뭐야! 어제 하룻밤 정도 지나면 진정될 거라 했던 건 그쪽이잖아!"

"미리나 탓으로 돌리지 마!"

"그럼 내 탓이라는….

관두자.

어쨌거나 지금은 쉐라를 찾는 게 우선이야.

어쩌면 아직 이 근처에 있을지도 모르니 내가 찾아보고 올게!

가우리, 좀 도와줘!"

"응!"

말하고 나서 나와 가우리는 기세 좋게 자리에서 일어났다.

…….

그리고 빈손으로 여관에 돌아온 건 점심시간이 되기 조금 전이었다.

"우웅… 집터에도 없었고 마을 사람들도 그녀를 못 보았다고 하니….

어쩌면 이미 이 마을을 떠났을지도…."

식당 테이블에 앉아 주스로 목을 축이며 나는 침울한 목소리로 말했다.

크흑! 이걸로 돈 되는 건수는 놓치고 만 건가?!

"하지만 그럼 이제 어떡하지?"

묻는 가우리에게 나는 한숨을 한 번 쉬고 말했다.

"어떡하다니…. 그녀가 없으면 아무것도 할 수 없잖아.

마을을 떠났다고 해도 어디로 갔는지 알지 못하니…."

"그러고 보니 그 두 사람도 안 보이는데?"

"어디 산책이라도 간 거 아냐? 그리고 정말 그 두 사람이 사라졌다고 해도…."

사태가 변하는 건 아니다.

말하려다 말고 나는 그 말을 꿀꺽 삼켰다.

우리들이 쉐라를 찾으러 갔을 때 그 두 사람은 왠지 곧바로 움직이려고 하지 않았다.

그렇다는 말은.

어쩌면 쉐라가 간 곳을 알고 있었던 게 아닐까?

그런 까닭에 그때에는 움직이지 않고 있다가 우리들이 나간 뒤에 그곳으로 갔다면?

벌컥벌컥! 푸하!

나는 단숨에 주스를 들이켠 다음 자리에서 일어나서 여관 아저씨의 모습을 찾았다.

"죄송한데요! 오늘 아침 우리들과 함께 있던 두 사람이 뭘 하고 있는지 아시나요?!"

"뭘 하다니? 너희들이 나간 다음에 곧바로 여관비 치르고 나갔는데."

부엌에서 설거지를 하고 있던 아저씨는 일손을 멈추고 그렇게 말했다.

"어디로 간다고 이야기하지 않았나요?"

"말 안 했는데? 아, 맞다. 남자가 너희들에게 '쉐라가 없으면 이야기가 안 되니까 체념하고 돌아간다'고 전해 달라더군."

"음…?"

아저씨의 말에 나는 무심코 미간을 좁혔다.

수상하다. 너무나 수상하다.

그만큼 끈질기게 물고 늘어지던 녀석이 어째서 일부러 '체념한다'는 말을 우리에게 남긴 걸까?

생각할 수 있는 가능성은 단 하나.

그들은 체념하지 않았던 것이다.

그리고 아마 쉐라의 행방도 어느 정도 짐작하고 있으리라.

그래서 우리들에게 체념하게 만드는 메시지를 남기고 우리들이 없는 틈에 여관을 떠난 게 아닐까?

그렇다면 우리들이 취해야 할 행동은 오직 하나! 다시 말해 루크 일행을 추적하는 것!

그럼 당장 단서를 모아야 한다!

"그런데 우리들은 그 두 사람을 잘 모르는데… 뭐, 아시는 거라도 있나요?

아마 그것과 쉐라의 행선지가 관계있지 않을까 생각하는데."

내 질문에 아저씨는 머리를 벅벅 긁었다.

"음? 떠돌이 용병 부류일 거라 생각해서 별로 신경 안 썼는데……. 사나흘 전부터 이곳에 묵으며 종종 쉐라에게 가는 것 같긴 했지만."

"전부터 아는 사이 아니었나요?"

"글쎄? 쉐라도 옛날부터 이곳에 살았던 것은 아니니까."

"그럼 어디서 이사를 왔나요?"

"이사를 왔다기보다는 문득 돌아보니 이곳에 살고 있었지."

"그런 무책임한…"

"아니, 아니,

실은 원래 그 집에는 그렌이라는 녀석이 살고 있었어.

이 마을에서 태어나서 어머니와 둘이서 살던 녀석이었지. 하지만 말썽만 부리고 다녀서 어머니 눈에서 눈물이 마를 날이 없었어."

아저씨는 내가 묻지도 않은 말을 술술 하기 시작했다.

우웃?! 이건 혹시 소문으로만 듣던 세상 사는 이야기 병?!

시골 아저씨, 아줌마들이 잘 걸리는 병으로, 평소엔 좁은 세상에서 살고 있는 까닭에 외지인이 이것저것 물어오면 자신도 모르게 주절주절 수다를 떨고 마는 무서운 병이다.

이 병을 가지고 있는 상대에게 걸리면 재미도 없고 시시한 이야기를 계속해서 듣게 된다는 운명이 기다리고 있다.

하지만 도망칠 수 있는 수단은 있다. 바쁘다고 딱 잘라 말하고 주저 없이 그 자리를 떠나는 것이다.

뭐… 가끔은 그 방법도 통하지 않는 무서운 상대가 있기도 하지만 이 아저씨 정도라면 그 정도로 충분히 해결될 터.

그러나 이런 세상 사는 이야기에서 중요한 단서가 불쑥 튀어나오기도 하는 것도 사실. 나는 일단 아저씨의 세상 사는 이야기를 잠시 듣기로 하고 얌전히 귀를 기울였다.

"좋아하는 격언은 '손 안 대고 코 푼다'였고, 세끼 식사보다 술과 도박과 사치를 더 좋아해서 근처 마을에 솔깃한 이야기가 있으면 달려가서 한밑천 잡기 위해 항상 집을 비우는…

그런 녀석이었지.

그러다 결국 어머니의 임종도 보지 못하고 말았어.

마을 사람들도 별로 그 녀석을 좋아하지 않았던 것이 기억나는군.

그런데 2~3년 전이었던가?

홀연히 그 애를 데리고 마을로 돌아왔어.

그렌도, 쉐라도 아무 말도 하지 않았지. 마을에선 그렌의 숨겨둔 자식일 거라는 소문이 돌았어.

얼마 뒤 그렌 녀석은 술에 취해 강물에 빠져 죽어버렸고

이후로 그 애 혼자 그곳에서 살고 있었던 셈이야.

음…, 이런 이야기는 역시 별로 재미없나?"

"아뇨, 아뇨. 전 이런 이야기 꽤나 좋아해요."

갑자기 제정신으로 돌아온 아저씨에게 나는 황급히 고개를 저었다.

"하지만… 네 동료는 졸고 있는데?"

"예…?"

그 말을 듣고 옆을 돌아보니 여관 벽에 기대어 쿨쿨 졸고 있는 가우리.

이… 이 녀석은….

걷어차서 깨울까 생각도 했지만 그래선 아저씨의 이야기를 중간에 끊는 결과가 될 수도 있다.

"뭐, 자고 싶은 녀석은 자라고 하죠. 그래서요?"

일단 가우리를 걷어차고 싶은 마음을 참고 나는 이야기를 재촉

했다.

"그래,

뭐, 그렇게 해서 그 애가 이 마을에서 살기 시작했지.

자신이 외지인이라는 사실에 대한 열등감 때문이었는지 조금 사교성이 떨어지는 느낌이었지만 마을 사람들 사이에서 그럭저럭 인기는 좋았어.

뭐, 인기의 절반 정도는 동정이었을지 모르겠군.

아버지가 그 모양이었으니 분명 이것저것 고생도 많았겠지 하고 말야."

"고생…? 그러고 보니 아버지가 죽은 뒤엔 무슨 일로 먹고살았나요?"

"일? 글쎄. 그런 이야기는 못 들었는데?"

내가 은근슬쩍 이야기의 방향을 유도한 것을 눈치채지 못하고 아저씨는 말했다.

그래. 망나니 아버지가 사라진 뒤에도 무슨 까닭인지 쉐라는 아무런 일도 하지 않고 계속 생활했다는 거지?

그 이야기는 다시 말해 내가 상상했던 대로 숨겨진 보물이 있을 가능성이 커졌다는 말이다.

"아무 일도 하지 않았다고요? 하지만 그 뭐시기인가 하는 아버지는 방금 들은 바로는 유산을 남기는 타입이 아닌 것 같은데…."

내 말에 아저씨는 손을 좌우로 살랑살랑 휘저었다.

"재산을 남기다니 말도 안 되지. 수중에 돈이 생기면 당장 그날에 술로 탕진하는 녀석이었는데.

가재도구도 몽땅 팔아치웠으면서도 언제나 큰소리만 쳤어.

일확천금을 노린다나 어쩐다나.

웃겼던 건 베젤드로 오리할콘을 캐러 갔던 이야기였군."

으음… 이야기가 꽤 옆길로 샌 것 같은데….

…….

"오리할콘이라고요?!"

아저씨의 말에 나는 무심코 언성을 높였다.

보통 사람과는 별로 인연이 없는 금속이지만 마력을 어느 정도 차단하는 재미있는 성질을 가지고 있는 탓에 마법사들 사이에서 연구 및 실험용으로 꽤 수요가 많다.

하지만 이것의 추출량은 금과 비교해도 꽤 적은 편에 속한다.

당연히 그만큼 가격이 치솟았고 결국에는 플래티나(백금)의 몇 배 가격으로 거래되기도 했다.

쉽게 말해. 일확천금을 노리는 데 있어서 이만큼 좋은 물건도 없다는 말이다.

"그런 게 나오나요?! 그 베젤드인가 하는 곳에서……?! 베젤드 ……?"

말하고 나서 나는 무심코 미간을 좁혔다.

베젤드라고 하면… 그 가짜 전설의 검 촌장이 검이 있다고 지껄였던 그곳 아니었나?

"발견되긴 했지만 지금으로부터… 그렇군, 20년도 더 된 이야기야. 그리고 실제로 발견된 것도 아주 소량이었지.

여하튼 그 이야기를 듣고 그렌 녀석도 냅다 베젤드로 달려갔어. 물론 오리할콘 같은 게 발견될 리 없었지.

빈손으로 돌아온 그렌 녀석에게 장난 삼아 찾았냐고 물었더니 녀석이 뭐라고 변명했는지 알아?"

아… 또 이야기가 옆길로 새고 있다.

"듣고 나서 웃지 말라고. 오리할콘은 발견하지 못했지만 구멍을 파다가 이상한 동굴에 빠져버렸는데 안쪽으로 가보니 바위에 묘한 검이 꽂혀 있기에 무서워서 도망쳤다더군."

"뭐라고요오오오?!"

갑작스런 그 말에 나는 다시 언성을 높였다.

"검… 이라고 했나요?! 방금 혹시?!"

"아… 응…. 뭐, 물론 허풍이겠지만. 아무튼 그 이야기를 했을 때 녀석은 꽤 취해 있었으니."

"네에…."

아저씨의 말에 나는 모호하게 맞장구를 쳤다.

그 이야기가 나왔을 때 그 그렌인가 하는 사람이 술에 취해 있었다면 이 이야기는 더욱 신빙성이 높아진다.

왜냐하면 술김에 허풍으로 '무서워서 도망쳤다'는 말을 하는 사람은 없기 때문이다.

오리할콘을 발견하지 못한 데 대한 변명 차원에서 친 허풍이었다면 좀 더 무용담이 섞여 있는 이야기… 예를 들면 몬스터가 나와서 해치웠다든지, 멋지게 도망쳤다든지 하는 식으로 흘렸을 것이다.

뭐, 이 이야기만 듣고서 베젤드에 정말로 그런 검이 있다고 단정하기에는 이르지만.

"그리고 이건 내 마누라 이야기인데, 어쩌면 쉐라는 그렌 녀석이 그때 베젤드에서 얻은 아이가 아닐까 한다는군.

쉐라의 나이를 보면 대충 시기도 맞아떨어지고 말이지.

그렌 녀석의 나쁜 여자 버릇을 감안하면…"

점점 무책임한 뜬소문 이야기로 바뀌어가는 아저씨의 이야기를 나는 한 귀로 흘려듣고 있었다.

어디까지가 사실이고 어디까지가 거짓인가.

어쨌거나….

분명히 말할 수 있는 것은 한 가지.

수수께끼를 푸는 열쇠는 베젤드에 있다는 것.

2. 베젤드에 나타나는 데몬들의 그림자…

"저기…

쉽게 말해 그 베젤드에 정체 모를 검이 있다는 소리지?"

점심을 먹고 마을을 출발한 뒤, 베젤드로 뻗어 있는 큰길을 걸었다.

내가 사정 설명을 해주자 가우리는 잠시 생각한 끝에 그렇게 말했다.

"그럴 가능성도 있다는 소리야.

다른 가능성도 물론 있고."

"다른 가능성이라면?"

"다시 말해 쉐라의 아버지가 실제로 베젤드에서 오리할콘을 발견했을 가능성이지.

생각지도 않게 대량의 오리할콘을 발견했는데 무슨 이유에서인지 그때는 가져오지 못했어.

누가 가로챌까 싶어 마을 사람들에겐 적당한 거짓말로 얼버무렸는데 그 이야기가 어쩌다가 가짜 검 촌장의 귀에 들어간 거지.

그리고 쉐라는 그런 사정과 오리할콘이 있는 곳을 알고 있었고 … 아버지가 죽은 다음, 그걸 돈으로 바꾸는 수단도 손에 넣었어.

그래서 특별히 일하지 않고서도 먹고살 수 있었던 거야."

"그렇구나."

"다만 이 경우엔 어째서 '검이 있었다'는 거짓말을 했는지가 문제가 돼.

사람들을 떼어놓고 싶었다면 '몬스터의 습격을 받았다'고 말하면 될 일인데 말야.

그렇게 생각하면 오히려 검이 있다는 이야기 쪽에 더 신빙성이 있는 것 같아."

"흐음…."

"하지만 그럼 이번엔 쉐라가 어디서 생활비를 조달했는지 하는 의문이 생겨.

다른 사람에게 말 못 할 장사일 가능성도 생각했는데 여관 아저씨의 말투에 그런 눈치는 없었고…."

"다른 사람에게 말 못 할 장사?"

"아, 그건 깊이 생각하지 않아도 돼.

어쩌면 아버지가 의외로 자식을 꽤나 생각하는 사람이라서 몰래 재산을 남겼을지도 모르지.

뭐, 가능성만 따지면 그중 하나일 거야.

알겠어?"

"음…."

가우리는 잠시 하늘을 바라보며 침묵하더니 입을 열었다.

"어려운 건 잘 모르겠지만 쉽게 말해 베젤드에 가면 분명해진다는 소리지?"

"아니… 뭐, 그건 그렇지만….."

그렇게 한마디로 딱 잘라 말하면 지금까지 고생하면서 설명한 내 입장은 어떻게 되냐고!

"하지만 어쩌면 좀 더 일찍 알게 될지도 모르겠어."

말하고 나서 가우리가 발길을 멈춘 것은, 큰길에서 이어지는 울창한 숲으로 접어들었을 때였다.

그가 이런 곳에서 이런 행동을 취하는 경우, 무슨 일이 일어날지 상상하기란 쉽다.

쉽게 말해 누군가가 잠복하고 있는 것.

특별히 '잠복은 인적이 드문 숲 속에서 해야 한다'는 법이 있는 건 아니지만 설명할 것도 없이 이런 장소가 잠복에 적합한 것만은 분명하다.

어두운 색깔의 옷을 입고 나무 그늘에 조용히 숨어 있는 자객을 눈으로 찾아내기란 거의 불가능에 가깝다.

그렇다면 의지해야 할 것은 상대의 기척을 읽어내는 능력뿐.

뭐, 상대가 도적이나 건달패 부류거나 살기를 노골적으로 드러내고 있다면 나도 그 정도는 간파할 수 있지만, 상대가 기척을 숨길 수 있을 정도의 실력자라면 역시 불안해진다.

이럴 때 고마운 게 가우리의 야성적인 직감.

그렇다. 가령 이번처럼.

근거는 없지만 상대는 그 검은 옷들이 아닐까?

"아항…, 우리들을 기다려주는 누군가가 어쩌면 이것저것 말해주지 않을까 하는 거지?"

말하고 나서 나는 멈춰 서서 숲 쪽으로 시선을 돌렸다.

"그 아이에게 접근하지 마라."

기다리고 있었다는 듯 바람결에 목소리가 들려왔다.

활짝 갠 푸른 하늘과는 전혀 안 어울리는, 낮고 억누른 낯선 남자의 목소리.

생각할 것도 없다. 숲 속에 숨어 있던 상대다.

목소리는 났지만 여전히 기척과 모습은 숨기고 있는 상태.

쉽게 말해 우리 태도 여하에 따라 그쪽도 태도를 바꾸겠다는 소리인가?

물론 나로선 이 일에서 손을 뗄 생각은 전혀 없다.

"그 애라니? 대체 누굴 말하는 거지?"

"모르는 척해도 소용없다."

딴청을 피우는 나에게 목소리는 냉정하게 이어졌다.

"헤에….

아무래도 너는 그 자인인지 하는 녀석과 달리 조금은 머리가 돌아가는 모양이구나."

"내가 듣고 싶은 건 예스냐 노냐 하는 거다."

으음….

이쪽이 아무리 떠보려고 해도 무시하고 자신이 하고 싶은 말, 해야 할 말만을 한다.

자인과는 달리 협상이라는 걸 조금은 알고 있는 모양이다.

그럼 이런 건 어떨까?

"그렇게도 '검'이 탐이 난대? 너희들의 주인님은?"

"예스냐? 노냐?"

음… 고집 센 녀석.

그렇다면!

"손을 떼라고 말만 했을 뿐, 너희들도 쉐라가 지금 어디에 있는지 모르잖아?

그러니까 아무리 잘난 척해봤자 그걸 모르는 이상은 우리 쪽이 훨씬 유리해."

내 말에 목소리는 잠시 침묵했다.

그렇다면 다음은….

휘익!

전혀 아무런 전조도 없이 숲 속에서 무언가가 우리들을 향해 날아왔다!

예상대로다!

즉시 뒤로 물러선 나와 가우리의 발치에 작은 나이프가 여러 개 박혔고….

쿵!

갑자기 몸이 움직이지 않게 되었다!

섀도 스냅인가?!

상대의 그림자에 나이프 등을 박아서 상대의 움직임을 아스트

랄 사이드에서 봉하는 기술이다. 대단한 재주는 아니라도 꽤 기술이 필요한 술법인데, 그걸 동시에 펼치다니 제법 솜씨가 있는걸?

그러나 이 술법에는 결정적인 약점이 하나 있다!

"파이어 볼!"

나는 이렇게 나올 것을 예상해서 외우고 있었던 술법을 즉시 그림자가 있는 쪽 땅으로 발사했다!

쾅아아아아아앙!

땅에 부딪쳐 폭발한 불꽃이 그림자를 한순간에 지워버렸다.

동시에 속박이 풀리고 다시 몸이 자유로워졌다.

"아닛?!"

내 빠른 대응에 놀란 듯 소리를 지르는 습격자.

"거기냐?!"

자유를 되찾은 가우리는 등에 있는 검을 뽑아 들고 나이프가 날아온 부근의 수풀로 돌진했다!

그러나 가우리가 그곳에 도착하기도 전에 수풀 속에서 한 줄기 은빛 광선이 허공을 가르고 그에게 날아왔다.

키잉!

날아온 나이프를 가우리가 들고 있던 검으로 튕겨낸 바로 그 순간. 수풀을 헤치고 검은 그림자가 햇살 아래에 내려섰다!

검은색 옷차림을 보면 물을 것도 없이, 그 정체를 한눈에 알 수 있다.

"역시 자인의 동료였구나!"

내 말에 남자는 말없이 땅을 박차고 이쪽으로 달려왔다!

"어림없다!"

중간에 끼어드는 가우리를 피해 옆으로 훌쩍 몸을 날린 뒤, 다시 나를 향해 나이프를 던진다!

흥!

나는 가볍게 몸을 틀어 그 공격을 가볍게 피했다.

"핫!"

그 후 뒤쪽으로 돌아가려는 검은 옷에게 가우리가 검을 휘두른다!

그러나!

키잉!

대체 어느 틈에 뽑았는지 검은 옷은 왼손에 든 단검으로 가우리의 일격을 흘려 넘겼다.

동시에 오른손에 들고 있던 나이프를 지근거리에서 가우리에게 집어 던진다!

피할 수 있는 거리가 아니다!

"이크?!"

그러나 보통 같았으면 피할 수 없었을 그 공격을 가우리는 간신히 몸을 틀어 피했다!

검은 옷은 역시 뒤로 돌아가기 위해 움직이면서 다시 나이프를 내 쪽으로 던졌다.

그리고 이것 역시 가볍게 피하는 나.

아무리 생각해도 이상하다.

가우리의 일격을 막아낼 정도의 기량을 가진 것치곤 공격 방식이 너무나 단조롭다.

그렇다면 이건 혹시?

나는 주위에 시선을 돌리고 그 상상을 확신으로 바꾼 후 속으로 주문을 외우기 시작했다.

검은 옷이 나이프를 던지고 나와 가우리가 몸을 피하는 상황이 얼마나 반복되었을까.

이윽고 검은 옷은 별안간 나와 가우리에게서 크게 거리를 벌리고 가슴 앞에서 수인(手印)을 맺었다!

온다!

"가이아 그라이스[魔骸降來]!"

'힘 있는 말'에 부응해서 대지에 박혀 있는 나이프가 흑자색 광채를 발했다!

그렇다. 검은 옷은 나와 가우리를 노리고 있었던 게 아니라 그렇게 보이게 해놓고 나이프로 마법진의 정점을 땅에 새겼던 거다.

이윽고 땅에서 솟아오르듯 마법진 중심에서 나타난 것은 거대한 브라스 데몬 한 마리!

그러나! 이쪽은 이미 그렇게 나올 것을 예상하고 있었다!

검은 옷은 눈치채지 못하고 있다. 내가 마법진의 중심을 사이에 두고 검은 옷의 반대편에 있다는 사실을.

등장한 데몬의 거대한 몸이 내 시야에서 검은 옷의 모습을 차단한 그 순간.

"가브 플레어[魔龍烈火砲]!"

내가 만든 마력의 화선은 데몬을 관통해서 검은 먼지로 만든 후 반대편에 있는 검은 옷에게 날아가 명중!

—할 예정이었다.

하지만

"……얼레………?"

겹쳐진 손끝에선 마력의 화선은커녕 작은 불덩어리 하나 만들어지지 않았다.

………………………….

아뿔싸아아아아! 깜빡하고 있었다!

그제야 나는 겨우 어떤 사실을 깨닫고 내심 절규했다.

방금 외운 이 술법은 이 세계를 다스리는 마왕의 심복 중 하나인 카오스 드래곤(마룡왕) 가브의 힘을 빌려 발동시키는 술법이다.

그러나.

그 가브 본인이 얼마 전에 죽어버렸던 것이다.

그만 그 사실을 깜빡하고 평소의 습관대로 주문을 외웠는데… 카오스 드래곤(마룡왕) 본인이 죽었는데 그 힘을 빌린 술법이 발동될 리가 만무하다!

아뿔싸아아아아! 이런 실수를 하다니이이이!

그렇게 후회와 동요를 하고 있는 동안.

구오오오오오옹!

어두운 울부짖음과 함께 브라스 데몬이 실체를 갖췄다!

에잇! 일단 지금은 과거의 사소한 실수에 대해 고민하고 있을 때가 아니다!

나는 간신히 마음을 추스르고 다음 주문을 외우기 시작했다.

"해치워라!"

검은 옷은 가우리를 가리키고 명령을 내렸다.

그에 부응해서 크게 울부짖는 데몬. 그 정면에 출현한 대여섯 개의 불의 구슬이 가우리를 향해 날아왔다!

동시에 가우리가 움직였다. 피하는 게 아니라 똑바로 데몬을 향해 돌진한다!

이봐, 이봐?!

그러나 걱정할 것도 없이 가우리는 날아오는 불덩어리들을 하나하나 가볍게 피해냈다.

허나 검은 옷도 예상하고 있었는지 가우리를 향해 나이프를 던졌다!

피하면 데몬의 눈앞에서 불안정한 자세를 노출시키게 된다! 역시 이번엔 반드시 죽이겠다는 심산인가?!

하지만! 그렇게 뜻대로는 되지 않을 거다.

"다이나스트 브레스[覇王永河烈]!"

키잉!

내가 쏜 일격은 브라스 데몬을 한순간에 빙결·파쇄·증발시켰다!

카앙!

동시에 가우리가 휘두른 검이 날아오는 나이프를 하나하나 튕겨낸다!

"이럴 수가?!"

모처럼 불러낸 데몬이 이리도 쉽게 당할 줄은 몰랐을 터다. 검은 옷의 움직임이 한순간 정지했다.

그 순간.

가우리는 튕겨낸 나이프 하나를 쓰러지듯 받은 후, 검은 옷을 향해 집어 던졌다.

검은 옷이 제정신을 차렸을 때는 이미 늦었다.

가우리가 되던진 나이프는 검은 옷의 오른쪽 허벅지에 깊숙이 박혀 있었다.

"큭!"

검은 옷이 쓰러지자 가우리는 검을 든 상태로 천천히 다가간다.

"그만 포기하시지. 그 발로는 이제 제대로 싸우지 못할 테니까."

그렇게 말하면서도 그 자세에서는 조금의 허점도 보이지 않는다.

"칫… 이걸로 끝인가…."

작게 이를 가는 소리와 함께 검은 옷은 작게 중얼거렸다.

가우리가 방심하고 있다면 그 허점을 노릴 수 있을지도 모르지만 그러지 않는 이상, 다리에 부상을 입은 검은 옷에게 승산은 거의 없다.

"체념했으면 이야기해주실까? 너희들이…."

내 말이 끝나기도 전에.

콰앙!

검은 옷의 몸이 갑자기 폭발해서 산산이 흩어졌다!

"이런?!"

경악하는 나와 가우리.

다른 누군가에게서 공격을 받은 건 아니다. 그렇다면….

"자폭했구나. 비밀을 지키기 위해서….

원 참… 터무니없는 짓을 한다니까…."

씁쓸한 어조로 나는 중얼거렸다.

"하지만 결국 아무것도 알아내지 못했구나."

"무슨 소리야? 전부는 아니더라도 이것저것 알아낸 게 있잖아."

"헤…? 뭔데…?"

내 말에 그는 어안이 벙벙한 표정을 지었다.

원 참… 이 녀석은….

"잘 들어. 먼저 저 검은 옷의 동료가 이곳에서 기다리고 있다가 습격했다는 말은 역시 베젤드 쪽에 무언가가 있다는 소리야."

"어째서…?"

"그 녀석들도 쉐라가 가지고 있는 정보를 원하고 있어. 당연히 같은 물건을 노리는 인간의 행동을 저지하려 하겠지.

만약 우리들이 완전히 딴 방향으로 갔다면 일부러 시시한 경고를 하거나 습격할 필요는 없었다고."

"아, 그렇구나."

가우리는 가볍게 고개를 끄덕이더니 또 묻는다.

"잠깐. 그럼 이곳에 자객이 있었다는 말은 우리보다 먼저 출발한 그 두 사람은 당했다는 소린가?"

"그럴지도.

혹은 완전히 딴 방향으로 갔거나, 가도를 피해서 갔겠지.

그리고 또 한 가지 알게 된 건, 쉐라가 적어도 그 검은 옷들에게 붙잡히지는 않았다는 것.

내가 아무리 떠보려고 해도 무반응이었던 녀석이 '난 쉐라가 있는 곳을 알고 있다'고 하니까 당장 공격했어.

다시 말해 그들은 쉐라가 있는 곳을 알지 못해.

그래서 내가 '알고 있다'고 말하니까 혹시 '허풍'일지 모른다고 생각하면서도 내버려둘 수 없었던 거지.

실제로 중간까지는 우리들을 죽이려는 공격 방식이 아니었고."

"아, 그러고 보니 그랬군…."

하지만.

이것저것 생각해보면 오히려 어떻게 된 건지 알 수 없게 된 점도 있다.

검은 옷 녀석들은 쉐라의 집을 날려버린 시점에서 그녀가 베젤드를 향해 움직이리라는 정도는 어느 정도 예상했을 것이다.

따라서 감시자 겸 자객이 이 장소에 배치된 것은 어제였을 거라 생각하는 게 옳다.

그렇다면….

쉐라는 어떻게 이 감시의 눈을 피한 걸까?

아니면 그녀가 간 곳은 베젤드가 아닌 다른 곳인가?

하지만 어찌 됐든 우리들이 취할 수 있는 수단은 베젤드로 가는 것뿐이다.

"어쨌거나 서둘러 가자, 베젤드로."

이리하여 나와 가우리는 다시 베젤드로 향하는 여정에 나서게 되었다.

"하지만 리나, 그 검은 옷 녀석들도 그렇고, 뭐시기인가 하는 두 사람도 그렇고…."

"루크와 미리나."

"그래, 그래. 그 두 사람. 그 녀석들 대체 정체가 뭐라고 생각해?"

가우리가 그렇게 물어온 것은 그날 저녁.

똑같은 경치만 계속되는 숲 속 큰길을 걷고 있을 때였다.

"정체라니…

어제 우리 두 사람이 검은 옷 두 사람과 싸웠을 때 내가 말했잖아. 무슨 왕국이나 영주가 거느린 비밀 부대가 아니냐고 말야."

"그랬나?"

"내가 자인인가 하는 녀석에게 하던 말, 듣지 못했어?"

"뭐야…, 나한테 한 소리가 아니었군.

그럼 기억할 리가 없지."

기억할 리가 없다고…?

아주 얼굴에 철판을 깔았구나.

"어쨌거나…

그 검은 옷들은 그런 부류일 거야.

그리고 루크와 미리나 두 사람은 아마 우리들과 마찬가지로 보물을 노리는 용병 나부랭이겠지."

"흐음… 그럼 쉐라가 열쇠를 쥐고 있는 보물은 검이 아니라는 말인가?"

"어째서 그렇게 되는 거지?"

가우리의 말에 나는 작게 미간을 좁혔다.

"하지만 안 그래?

그 검은 옷 녀석들이 무슨무슨 왕국이나 영주가 거느리는 조직이라면 고작 검 한 자루에 그 조직이 움직일 리 없잖아?"

후우….

나는 한숨을 쉬고는 여러 번 작게 고개를 끄덕였다.

"응, 응. 가우리치곤 드물게 조금은 생각했구나. 대단해, 대단해.”

"나치곤이라니….”

"하지만 가우리, 너 전설급의 무기라는 게 얼마나 대단한 건지
모르지?”

"뭐…?

하지만 아무리 전설의 무기라고 해도 막상 전쟁이 일어나면 멀
리서 날아오는 큰 공격주문 한 방에 끝나잖아?”

"그건 그래. 하지만 그건 전설의 무기를 '전쟁에 사용하면' 별것
아니라는 소리일 뿐이야.

전설의 무기의 진짜 가치는 무기 자체보다는 그 제조 비결에 있
어.”

"……?”

"다시 말해 전설의 무기라는 건, 지금 현재의 마법 기술로는 제
조하지 못하는 성능을 가진 무기라는 소리야.

만약 그런 무기를 발견해서 그 제조 비결과 특성 따위를 해명
및 활용한다면 어지간한 보물을 손에 넣는 것보다 훨씬 나아.

아멜리아와 제르가디스가 검에 일시적으로 마력을 불어넣는
아스트랄 바인[魔皇靈斬]이라는 기술을 썼잖아?”

"아멜리아하고 제르가디스가 누구야?”

철퍼덕!

너무하다면 너무한 발언에 나는 무심코 그 자리에서 미끄러졌

다.

"너… 너… 너 말야! 가우리!"

이마에 새파란 핏대를 세우며 간신히 몸을 일으키는 나에게 가우리는 쓴웃음을 머금고 말했다.

"농담이야, 농담.

아무리 나라도 함께 여행했던 녀석들을 잊어버리진 않는다고."

"네가 말하면 조금도 농담처럼 안 들려! 원 참….

어… 어쨌거나,

두 사람이 쓰던 그 술법도 과거 어딘가에서 발견한 검을 마법사가 연구해서 그 기술을 응용해서 만든 술법이야."

"헤에…."

"뭐, 전설급의 무기가 발견되더라도 결국 구조를 해명하지 못하고 끝나는 경우도 꽤 많지만.

쉽게 말해 일종의 도박 같은 거지.

하지만 많은 노력을 쏟아부어서 손에 넣을 만한 가치는 있어.

연구에서 아무것도 알아내지 못한다고 해도 검 그 자체는 남으니까, 실제로 쓰진 않더라도 가지고 있다는 사실만으로도 자랑거리가 되지."

"하지만… 사람을 죽이면서까지…."

"뭘 모르는구나, 가우리. 그런 무기는 팔면 한 가족이 평생 놀고 먹을 수 있을 정도의 돈이 들어온다고. 그러니 누군가를 죽여서라도 손에 넣어야겠다고 생각하는 녀석이 있다 해도 이상하지 않아."

"평생? 그렇게 비싼 거야?"

"당연하잖아. 설마 전설의 무기 같은 게 푼돈에 거래될 거라 생각하진 않겠지?"

도끼눈으로 묻는 나에게 가우리는 차가운 표정으로 대꾸했다.

"아니. 전에 내가 가지고 있던 빛의 검을 550에 팔라고 말한 녀석이 있었거든."

우….

칫… 쓸데없는 걸 기억하고 있네.

"뭐, 뭐, 어쨌거나 결론은 검은 옷들이 검을 노리더라도 전혀 이상할 게 없다는 소리야."

"그렇군."

내 말에 가우리는 고개를 끄덕였다.

그 동작이 도중에 딱 멈추었다.

"자… 잠깐만….."

반쯤 굳은 채 가우리는 그그극 얼굴을 이쪽으로 돌렸다.

"그럼 뭐야?! 우리들은 앞으로도 그 검은 옷 녀석들과 계속 싸워야 한다는 소리야?!"

"뭐… 전문 용어로 말하면 그렇게 되겠지."

"되겠지라니?! 어떡할 거야?! 상대가 얼마나 되는지도 모르잖아?!"

"뭐… 그건 그렇지만… 여기선 가우리가 죽을 각오로 열심히

하면…."

"남 일처럼 말하지 마아아! 그렇게까지 해서 있는지 없는지도 알 수 없는 검을 찾아서 어쩌려고 그래?!"

"그럼 가우리는 있는지 없는지 알 수 없는 검 따윈 포기하고, 어디로 갔는지, 어떻게 되었는지 알 수 없는 쉐라도 내버려두고 평화로운 나날을 보내고 싶다는 거야?"

"우…."

나의 날카로운 지적에 가우리는 작게 신음했다.

"맞다…, 쉐라를 잊고 있었어…."

잊지 마, 그러니까.

"어쨌거나, 정말 검이나 보물이 있는지 없는지는 둘째치고 이대로 모르는 척하는 건 속이 편치 않아.

그러니까…."

"뭐… 그런 거라면 어쩔 수 없지."

다소 불만스러운 표정으로 가우리는 일단 고개를 끄덕였다.

그러나.

가우리에겐 말하지 않았지만 의문으로 생각하는 점이 있다.

왜 검은 옷들과 루크 일행이 이제 와서 행동에 들어갔느냐 하는 점이다.

검 이야기는 거의 20년 전부터 있었고 쉐라가 마을에 오고 부친이 죽은 것은 몇 년 전.

아무래도 그때부터 지금까지 쉐라에게 시비를 걸어오는 자는 없었던 것 같은데 왜 이제 와서 갑자기 이러냐는 것이다.

당연히 거기에는 검은 옷들과 루크 일행이 움직이기 시작한 계기가 될 만한 사건이 존재해야 마땅한데….

아무래도 이번 사건은 좀 더 무언가 내막이 있을 것 같다.

성가신 일이 안 생기면 좋겠는데….

그렇게 생각하면서 나는 시선을 길 쪽으로 돌렸다. 그리고….

"뭐야? 저게…?"

중얼거리고 나는 발길을 멈추었다.

똑바로 뻗어 있는 큰길.

그 큰길 양쪽에 암녹색으로 펼쳐져 있는 숲.

약간 어둠이 섞이기 시작한 하늘.

진행 방향에 있는 그 하늘이… 약간 붉게 물들어 있었다.

당연히 석양은 아니다. 해가 기우는 방향(우리들의 뒤쪽)과는 반대편이었으니까.

"확실히 좀 빨갛군. 화재가 난 거 아닐까?"

같은 하늘을 바라보며 느긋한 어조로 말하는 가우리.

그래, 화재가 난 거였군….

"아니, 느긋하게 굴 때가 아니잖아!

만약 불타고 있는 데가 요 앞 마을이나 여관이라면 오늘 밤은 노숙이야, 노숙!"

"그야 그렇지만… 그렇다고 어떻게 손을 써볼 수도…."

"있어! 가서 열심히 불 끄는 걸 도와야지! 가자!"

나는 그의 대답도 기다리지 않고 증폭의 주문을 외우기 시작했다.

양손과 배와 가슴 언저리에 있는 네 개의 부스트 탤리스먼(증폭 주부)이 희미한 광채를 내뿜는다.

계속해서 주문의 본문을 영창. 그리고 주문이 완성되었다!

가우리의 한 손을 덥석! 잡은 다음 '힘 있는 말'을 해방한다!

"레이 윙[翔封界]!"

화악.

바람이 만들어져 소용돌이치다가 두 사람의 주위에 바람의 결계를 만들었다.

우리들은 그대로 공중에 떠서….

붉게 물든 하늘 아래로 날아갔다!

탤리스먼으로 증폭한 고속 비행 술법이다. 나와 가우리 두 사람을 운반하고 있지만 그 속도는 상당한 것.

흐르는 듯 경치가 지나가더니 이윽고….

"마을이?!"

가우리가 놀란 목소리를 냈다.

큰길이 뻗어 있는 곳… 우리들이 묵을 생각이었던 그 마을이 새빨간 불꽃에 휩싸여 있었다.

불타고 있는 것은 한두 채가 아니다. 마을의 모든 집들이 동시에 불이라도 지른 것처럼 하늘에 불꽃을 내뿜고 있었다.

대체 무슨 일이…?

일단 지금 상태에선 거리가 너무 멀고 바람의 결계가 다소 시야를 차단하고 있는 까닭에 상황 파악이 잘 안 되는데….

나는 기력을 쥐어짜서 속도를 높였다.

마을에 어느 정도 접근하자 술법을 풀어 두 사람은 다시 대지에 내려섰다.

그리고 비로소.

"……!"

우리들은 상황을 이해했다.

붉은 불꽃 속에서 춤추는 크고 작은 검은 그림자.

도망쳐 다니는 마을 사람들….

그리고 무차별한 살육을 펼치는 수십 마리에 이르는 데몬들!

이 녀석들이 마을에 불을 지른 건가?!

하지만 이런 식으로 레서 데몬이나 브라스 데몬들이 수십 마리 단위로 떼를 지어 행동하는 경우는 없다.

그렇다면 뭔가 원인이 어딘가에 있을 터.

가령… 누군가가 불러내어 조종하고 있다든지.

하지만 일단 지금은 원인을 찾는 것보단 이 사태를 어떻게든 하는 게 우선이다!

"가우리!"

"응!"

얼굴을 마주 보고 고개를 끄덕인 뒤 우리들은 불타는 마을을 향해 달리기 시작했다.

"애서 디스트[塵化滅]!"

촤악!

내 주문을 직통으로 맞고 브라스 데몬 한 마리가 검은 먼지로 변해 무로 돌아갔다.

그 광경을 목격했는지 주위에 있던 데몬들의 시선이 일제히 우리들에게 쏠렸다.

그곳으로 돌진하는 가우리!

레서 데몬 한 마리가 아무런 반응도 보이지 못하고 가우리의 일격에 허무하게 쓰러졌다.

가우리의 검에는 이곳에 도착하기 전에 아스트랄 바인(마족에게도 통하는 공격력 강화 술법)을 미리 걸어두었다. 이거라면 쓰기는 꽤 쉬울 거다.

그렇기는 해도….

샤아아아아아악!

레서 데몬 한 마리가 분노의 외침과 함께 수십 개의 불화살을 만들어 내게 퍼부었다!

주문을 외우면서 몸을 피하고….

"다이나스트 브레스!"

내 주문 한 방에 그 데몬은 산산이 흩어졌다.

적의 숫자가 너무 많다!

레서 데몬에 브라스 데몬. 이 녀석들은 이른바 아마족(亞魔族)

이라는 녀석들로, 몸이 단단할 뿐 아니라 어느 정도의 마력 공격도 무효화시킬 수 있는 성가신 능력을 가지고 있다.

그래도 상대가 한두 마리 정도라면 나와 가우리의 적은 아니지만⋯ 이렇게나 숫자가 많으면 역시 고전할 수밖에.

이곳이 인적이 없는 벌판 같은 곳이라면 드래곤 슬레이브 같은 큰 기술로 쓸어버리는 방법이 있긴 하지만 주위에 마을 사람들이 있는 이상, 그런 짓을 할 수는 없다.

"고즈 부 로[冥壞屍]!"

내가 쏜 일격이 다시 한 마리의 브라스 데몬을 쓰러뜨렸다.

그 순간.

뒤에서 살기가 일었다!

즉시 그 자리를 피해 뒤쪽을 돌아보니 그곳에는 한 마리의 레서 데몬!

고오!

울부짖음과 동시에 그 눈앞에 십여 발의 불화살이 나타났다!

허나!

"펠자레이드[螺光衝靈彈]!"

콰앙!

별안간 옆에서 날아온 빛이 레서 데몬의 머리를 날려버렸다!

물론 가우리가 한 짓은 아니다. 그렇다면?

주위에 시선을 돌려보니 그곳에 서 있는 사람 그림자가 하나.

바람에 나부끼는 은발이 불꽃을 반사해서 붉은색으로 물들어 있었다.

"미리나?!"

그렇다. 그곳에 있는 것은 그 2인조 중 하나인 미리나였다.

그렇구나…. 이 사람은 주문도 쓸 수 있었어….

그녀는 뽑아 든 롱 소드를 한 손에 들고 나에게 차분한 시선을 보내더니 말했다.

"이야기는 나중에 해. 일단은 이 녀석들부터."

침착한 어조로 그렇게 말하고 다음 주문을 외우기 시작했다.

달려온 레서 데몬이 크게 휘두른 팔을 가볍게 피하고 얕게 베어낸 다음, 통증에 분노해서 돌진하는 데몬을 이번에도 가볍게 피하고….

"디슬래시[烈閃牙條]!"

주문 일격으로 해치워버렸다.

으음, 제법 하는데?

아니, 지금 남 일처럼 감탄하고 있을 때가 아니지!

나도 기합을 잔뜩 넣고 데몬들을 척척 해치워야겠다!

"다이나스트 브라스[覇王永河烈]!"

최아아악!

내가 쏜 뇌격(雷擊)이 근처에 있는 브라스 데몬 한 마리에게 명중했다.

밤바람에는 탄 냄새가 섞여 있었다. 휘황찬란한 보름달 아래,

숲에서 흘러나오는 벌레들의 울음소리.

싸움이 겨우 끝난 것은 해가 저문 뒤였다.

데몬들을 다 해치운 다음 나와 미리나는 타고 있는 집들의 불을 술법으로 끄고 다녔고….

이제야 겨우 한숨을 돌리고 있는 중이다.

하지만… 결코 평화로운 분위기는 아니었다.

마을 사람들은 마을 변두리에 있는 광장에 피신하고 있었지만 역시 전원이 다 무사할 수는 없었다.

집과 가족을 잃은 슬픔 때문인지 곳곳에서 터져 나온 오열이 밤바람을 타고 흘러왔다.

"여, 너희들. 의외로 잘 싸우던데?"

그런 분위기를 확 날려버리는 가벼운 어조로 쾌활하게 말을 걸어온 사람은, 말할 것도 없이 미리나의 성질 더러운 일행 루크.

"지금 그런 말 할 때가 아니잖아! 대체 무슨 일이 있었던 거야?!"

추궁하는 나에게 그는 어깨를 한 번 으쓱하더니 대꾸했다.

"몰라."

"모르는 게 어디 있어?!"

"미리나와 둘이 이 마을에서 이것저것 하고 있었는데 데몬들이 갑자기 떼를 지어 습격한 거야.

갑작스럽게 일어난 일이라 싸우긴 했는데 숫자가 숫자라서 싸우기에도 바빴지.

곧 마을의 집들이 전부 타오르기 시작했고… 그때 너희들이 나타난 거야.

너희들이 좀 더 일찍 왔으면 마을도 불타지 않았을 텐데."

"뭘 멋대로 지껄이는 거야! 혼자 앞질러 갈 생각인지 뭔지 몰라도 우리들에게 거짓 전언을 남기면서까지 멋대로 쉐라를 쫓아간 주제에!"

"음? 무슨 소리야?"

"시치미 떼도 소용없어. 너희들도 검을 노리고 있지?"

"이봐! '너희들도'라니? 그럼 너희들도 역시…?!"

내 말에 놀라 목소리가 높아지는 루크.

훗. 걸려들었다.

나는 씨익 미소를 머금었다.

"흐음, 역시 검이었구나."

"……………뭐…?

―아얏?! 너?! 방금 떠본 거였구나?!"

이제 와서 눈치채봤자 이미 엎질러진 물.

이쪽이 말실수를 한 것처럼 보이게 해서 상대가 파고들 틈을 준 다음, 그것을 이용해서 대답을 이끌어낸다.

참고로 만약 그렇게 말했는데도 냉정하고 태연한 얼굴로 시치미를 뗐다면 오히려 검이 아닐 가능성이 높아진다.

"뭐, 여관 아저씨한테서 쉐라의 아버지와 검 이야기는 들었으니까 혹시 그게 아닐까 생각은 했지만 말야.

그런데 아직 쉐라는 못 찾은 모양이지?"

"글쎄…?"

"시치미 뗄 거 없어. 방금 그건 떠보려는 말이 아니니까.

너 방금 '이 마을에서 이것저것 하고 있었다'고 했잖아. 다시 말해 물어보고 다닌 거 아냐? 이 마을에 쉐라가 오지 않았느냐고."

"……."

"다 읽히고 있구나."

태연한 얼굴로 선선히 그렇게 대답한 사람은 루크가 아닌 미리나였다.

"이봐, 미리나!"

"시치미 떼도 소용없다면 시치미 뗄 필요 없어."

"아니…, 그건 그럴지도 모르지만…."

루크의 난처한 얼굴 따위에는 아랑곳 않고 그녀는 담담한 어조로 말했다.

으음…, 꼼짝을 못 하는구나, 루크.

"그런데 너희들은 어떻게 여기까지 올 수 있었지? 도중에는 그 검은 옷 일당이 있었을 텐데."

"싸웠어?!"

"그래. 물론 이겼지만 이야기는 듣지 못했어."

선선히 고개를 끄덕이는 내게 루크는 어이가 없다는 표정으로 말했다.

"너희들, 바보 아냐?! 잠복해 있을지도 모른다는 것 정도는 조금만 생각하면 알 수 있잖아?! 그런데도 당당하게 큰길을 타고 오냐?! 보통은 숲 속으로 가든지 한다고!"

"그럼 너희들은 숲 속으로 온 거야?"

"당연하지!"

"호호호, 난 있는지 없는지도 모르는 복병이 무서워서 맛있는 식사와 따뜻한 침대도 없는 곳으로 갈 생각은 없어."

"누가 무서워했다는 거야?! 누가?!"

"너지 누구야!"

"내가 언제 무서워했다고⋯."

"루크."

미리나가 조용히 부르자 루크는 입을 딱 다물었다.

오, 교육이 잘되어 있는데?

"하긴⋯ 말싸움이나 하고 있을 때가 아니긴 해⋯."

루크가 침묵했기에 나도 겨우 마음을 가라앉히고 말했다.

"하지만 문제는 어째서 데몬들이 이렇게 대량으로 나타났느냐 하는 거야.

단순한 자연 현상일 리는 없고⋯.

그래서 생각났는데,

우리들이 큰길에서 싸웠던 검은 옷 일당이 데몬 소환술을 썼어.

그렇다면⋯

이 습격도 어쩌면 녀석들과 어떻게든 관련이 있지 않을까 생각하는데⋯."

내 말에 루크와 미리나는 한순간 힐끔 서로의 얼굴을 바라보았다.

"모르고 있었어?"

그렇게 말한 사람은 미리나였다.

"지금 베젤드에서 데몬들이 이유를 알 수 없이 대량으로 발생하고 있다는 이야기를…."

시발점은 산으로 놀러간 아이 하나가 데몬 한 마리에게 살해된 사건이었다.

보통 레서 데몬이나 브라스 데몬 등의 아마족은 누군가에게 소환되어 존재하는 경우가 많다.

물론 마족의 본거지로 불리는 카타트 산맥 부근에는 우글우글 존재한다는 소문도 있지만 기본적으로 그것은 예외.

그러나 카타트 이외의 장소에 주인이 없는… 이른바 야생 데몬들이 전혀 없느냐 하면 꼭 그런 것만은 아니다.

마법사가 실험용으로 소환한 뒤에 그대로 내버려두거나 소환한 마법사가 어떤 이유로 죽어버린 경우, 그렇게 소환된 데몬은 마족 본연의 파괴 충동에 사로잡혀 야산을 어슬렁거리며 나쁜 짓을 일삼는 야생 데몬이 된다.

이번 사건도 그런 야생 데몬이 일으킨 것으로 여겨져 토벌대가 조직되어 산으로 파견되었는데….

브라스 데몬 한두 마리 정도는 충분히 해치울 수 있을 만한 전력을 갖춘 토벌대는 결국 문제의 산에 간 이후, 두 번 다시 돌아오지 않았다.

그 뒤에도 산에서 데몬의 무리를 보았다는 여러 사람들의 보고가 이어졌고 마법사 협회와 이 나라(칼마트 공국) 군대가 조사에 착수했지만 아직까지 원인은 밝혀지지 않았다.

대충 이것이 미리나가 우리들에게 한 이야기의 내용이었다.

참고로 지금 우리 네 사람이 있는 곳은 불탄 마을 옆에 있는 조촐한 벌판.

옆 마을까지 가서 여관을 잡을 수도 있긴 했지만 지금부터 큰길을 터벅터벅 걸어가는 것은 아무리 그래도 너무 힘들고, 또 데몬의 습격이 있을지도 모른다고 울며불며 매달리는 마을 사람들 때문에 오늘 하룻밤만 경호를 겸해 이곳에서 노숙하기로 한 것이다.

"아항, 그래서 그 데몬 무리가 여기까지 와서 날뛴 걸로 생각한다는 거지?"

내 질문에 미리나는 말없이 고개를 끄덕였다.

"하지만 그럼 근원지인 베젤드 마을도 데몬들의 습격을 받지 않았을까?"

"적어도 우리 귀에 그런 소식은 안 들어왔는데."

들고 있는 나뭇가지를 모닥불에 던져 넣으면서 루크가 말했다.

"하지만 실제로 이렇게 멀리 떨어진 마을도 습격을 받았으니까
…

정작 베젤드에 가보면 이미 완전히 파괴되었을 가능성도 있겠

네.”

“그런데도 베젤드에 간다는 건 그만큼 검에 대한 소문의 신빙성이 높다는 거지?”

“음….”

내 질문에 루크는 말하기 곤란한 듯 뺨을 긁적이며 힐끔 미리나를 쳐다보았다.

“말하지그래?”

너무나 쌀쌀한 어조로 돌아온 대답에 루크는 한순간 씁쓸한 표정을 지었다.

“아니… 뭐….

우리들이 움직이기 시작한 무렵에는 이렇게까지 데몬들이 날뛰지 않았어.

데몬을 해치우러 간 토벌대가 사라졌다, 베젤드에서 무슨 일인가가 일어나고 있다, 그 정도의 소문이었거든.

그리고 뭐가 어떻게 연결된 건지 모르지만 옛날 베젤드 광산에서 이상한 검을 본 녀석이 있다는 소문과 이번 데몬 소동이 결부되었어.

그 검과 이번 데몬 소동이 관련이 있을지도 모른다는 뜬금없는 소문이 퍼진 거지.

냉정하게 생각하면 어째서 거기에 20년 전의 이야기가 결부되는 건지 모르지만, 뭐, 소문이란 원래 그런 거니까.

어쨌거나 우리들이 흥미를 가진 건 그 검의 소문이었어.

데몬 사건과의 관계 운운은 거짓이라 할지라도, 검 이야기가 진짜라고 하면 한밑천 잡는 셈이니까.

마침 한가하기도 했고 밑져야 본전이라는 생각으로 잠깐 조사해보기로 했지.

그래서 소문의 출처를 뒤쫓다보니 쉐라를 찾을 수 있었는데,

이야기를 들어보자고 했더니 묘하게 완고하더라고.

뭐랄까…, 무언가 숨기고 있다는 태도가 확연한 거야.

그런 태도를 보이니 우리들로선 '정말로 검이 있는 게 아닐까?' 하는 생각이 강해지더군.

그래서 좀 더 캐보자 생각해서 그 마을에 묵으며 쉐라의 집에 드나들었어. 그럴 때…."

"그 검은 옷들과 우리들이 나타난 거구나."

"뭐, 그런 셈이야."

모닥불에서 불꽃이 파지직 튀었다.

"그 검은 옷 녀석들이 무슨 근거로 움직이고 있는지 우리가 알바 아니지만,

그래도 움직이고 있는 조직이 있다고 하니 검에 대한 소문의 신빙성이 더욱 높아졌어."

"흐음, 그렇구나."

"그 뒤엔 너희들도 아는 대로야.

그래서 분명 무언가 있다는 생각이 들기 시작했는데 그때 쉐라가 사라져버려서, 혹시 베젤드로 간 게 아닐까? 그럼 우리들도 가

보자, 이렇게 된 거고….

그래서 이 모양이지."

말하고 나서 루크는 불타버린 마을에 힐끔 시선을 돌렸다.

"아, 그리고 말해두는데,

우리가 알고 있는 건 모두 이야기했지만 그렇다고 동료라고 생각하진 말아줘.

입 다물고 있어봤자 의미가 없기에 이야기한 것뿐이지 너희들과 친해지고 싶은 생각은 없어."

"그건 걱정 마.

우리도 그럴 생각은 전혀 없으니까."

말하고 나서 살랑살랑 손을 휘젓는 나.

어쩌면 가까운 미래에 대립할 가능성이 충분한 녀석들과 사귀는 취미는 나에게 없다.

물론 그전에 검이 실제로 있는지, 그 소유권이 쉐라에게 있는지 하는 문제가 있지만.

그런데 열쇠를 쥐고 있는 쉐라는 지금 어디에…?

"……?!"

싸구려 침대 위에서 내가 벌떡 몸을 일으킨 것은 주위에 감도는 이상한 기척 때문이었다.

한밤중에 누군가의 습격을 받기 전에 묘한 분위기를 느끼고 눈을 뜬 적은 지금까지도 여러 번 있었지만 그것과는 어딘지 느낌이

다르다.

어떻게 다르냐, 그럼 무엇이냐고 묻는다면 설명할 수가 없지만
….

그래도 실제로 지금은 무언가가 일어나도 이상하지 않을 상황
이었다.

그로부터 이틀 뒤.

나와 가우리, 그리고 그 2인조는 어쩌다 보니 함께 베젤드로 가
게 되었는데.

도중에 여러 마을이 데몬의 습격을 받아 크고 작은 피해를 입은
걸 목격할 수 있었다.

그렇다면 오늘 밤 지금부터 이 마을에 데몬의 습격이 있다고 해
도 이상할 일은 전혀 없다.

일단 주위 분위기를 확인하기 위해 나는 침대에서 내려와 밖으
로 난 창문을 열었다.

차갑고 맑은 밤바람이 조용히 방 안으로 들어왔다.

별이 총총한 하늘과 달빛을 배경으로 밤의 거리는 조용히 자리
잡고 있었다.

멀리서 희미하게 들려오는 수런거림은 술집에서 흘러나오는
것일까?

매우 평화롭고 평범한 밤 풍경이 그곳에 있었다.

특별히 이상은….

……?

무언가가.

멍하니 바라보고 있던 시야 한구석에서 한순간 무언가가 움직인 듯한 느낌이 들었다.

황급히 그쪽으로 시선을 돌리고 눈에 힘을 줘보았다.

그러나 그곳에는 움직이는 것이 아무것도 없다.

"기분 탓인가?"

중얼거린 바로 그 순간.

달빛 아래에서 다시 무언가가 움직였다!

그것도 하나가 아니다. 둘… 아니, 셋. 건물 지붕에서 지붕으로 도약해서 옮겨 다니고 있다.

어둠과 거리 때문에 그리 잘 보이지는 않지만 크기로 보건대 적어도 도둑고양이가 아닌 건 확실한데….

좋아! 궁금하면 즉시 확인! 참는 건 몸에 좋지 않다!

나는 잠옷 위에 망토를 걸치고 쇼트 소드를 집어 든 다음 주문을 외우기 시작했다.

"레비테이션[浮遊]!"

열린 창문을 통해 나는 밤공기 속으로 둥실 떠올랐다.

탁!

작은 그림자 하나가 거의 소리를 내지 않고 지붕 위에 내려섰다. 한 박자 늦게 두 개의 그림자가 그 지붕 끝에 내려섰을 때는 그 작은 그림자가 이미 옆 지붕으로 이동한 상태.

그 순간.

휘익.

두 그림자 중 하나가 움직임과 동시에 무언가가 바람을 가르고 나는 소리.

그리고 앞에서 가던 작은 그림자가 휘청거렸다.

"멍청아, 죽이지 말라고 했잖아."

밤바람에 흐르는 억누른 목소리는 귀에 익은 것이었다.

"다리에 맞았을 테니까 이제 더 이상 못 움직…."

말이 끝나기도 전에.

작은 그림자는 아무렇지도 않게 성큼성큼 지붕 위를 달리기 시작했다.

"……."

한순간 멈춰 서는 그림자 둘.

"어…?"

"'어?'가 아니야. 빗나갔다. 쫓아라."

그렇게는 안 될걸?

여기서 그렇게 말하면 꽤 멋질지도 모르지만 일단 나는 행동으로 의사를 표현하기로 했다.

"라이팅!"

지속 시간 제로, 광량 최대의 마법의 빛이 두 그림자의 눈앞에서 작렬했다!

"우왁?!"

별안간 날아온 눈부신 빛에 소리를 지르고 멈춰 선 것은 온몸을 검은 옷으로 감싼 두 남자.

두 사람의 목소리는 귀에 익다. 지난번에 만난 가르 뭐시기와 자인 2인조이리라.

나는 레비테이션으로 일동의 머리 위로 이동해서 기습적으로 라이팅을 집어 던졌던 것이다.

쫓기고 있는 쪽의 정체는… 말할 것도 없다.

"리나 씨?!"

쉐라는 밤하늘에 떠 있는 내 모습을 올려다보고 놀란 목소리를 냈다.

나는 레비테이션 술법을 풀고 그녀 옆에 척 착지했다.

"인사는 나중에 해. 일단 이 녀석들을…."

"해치우겠다는 거냐? 재미있군."

가르 뭐시기의 말과 동시에 검은 옷 두 사람이 움직였다. 아무런 소리도 내지 않고 둘이 나란히 지붕 위를 달려 이쪽으로 다가온다!

이제 눈을 멀게 하는 효과도 사라졌는지 그 움직임에는 흐트러짐이 없었다.

"일단 장소를 바꾸자! 이쪽이야!"

말하고 나서 지붕 위를 달리기 시작한 나를 순순히 따라오는 쉐라. 일단 여관 근처까지 유인해서 가우리 일행을 깨우면….

……?!

순간 뒤에서 살기를 느끼고 나는 작게 옆으로 도약했다.

슈욱!

동시에 뒤쪽에서 망토를 뚫고 무언가가 옆구리 옆을 통과했다.

아마 나이프라도 던진 모양이리라. 그것도 아마 죽일 생각으로.

물론 녀석들로선 무언가를 알고 있는 (듯한) 쉐라는 몰라도, 나까지 사정을 봐줄 필요는 없을 것이다.

그러나 나도 얌전히 도망만 칠 생각은 없다!

"프리즈 애로!"

주문을 조금 수정해서 나는 십여 발의 냉기의 화살을 뒤쪽에 출현시켜 쏘았다!

어둠 속에서 불꽃의 화살은 피해내기 쉽지만 이거라면…!

그러나 내가 술법을 쏜 것과 거의 동시에….

"딤 윈[魔風]!"

자인의 목소리가 뒤에서 울려 퍼졌다!

아닛?!

고오!

뒤에서 바람이 불어 망토와 머리카락을 나부끼게 했다.

아마 내가 쏜 얼음 화살은 방금 그걸로 흩어져버렸을 것이다.

내 공격을 예상하고 사전에 주문을 외워둔 건가!

그렇다면 다음은…!

"프리즈 애로!"

역시!

주문을 쏘고 난 틈을 노려 두 사람 중 다른 한쪽이 공격 주문을 쏘았다!

어림없지!

나는 쉐라의 등을 툭 밀쳐냈다.

"꺄아아아아아아악!"

균형을 잃고 지붕에서 떨어지는 그녀.

그 뒤를 따라 나도 지붕에서 뛰어내렸다.

간발의 차이로 내 머리 위를 냉기의 화살이 스쳐 지나간다.

우당탕!

골목에 방치된 쓰레기더미에 머리부터 처박히는 쉐라.

그 옆에 나는 우아하게 착지했다.

"괜찮아?! 쉐라!"

"괜찮지 않아요!"

"사소한 일은 접어두고 일단 도망치자!"

"당신과 함께 있는 편이 훨씬 위험한 것 같다는 생각이…."

콰과과곽!

쉐라의 투덜거림을 차단하듯 지붕 위에서 발사된 얼음 화살 몇 줄기가 땅에 박혀 흩어졌다.

"아우, 아우, 아우!"

그 공격에 겁을 잔뜩 먹었는지 최대 속도로 내 뒤를 쫓아오는 그녀. 느긋하게 말다툼이나 만담을 하고 있을 때가 아니라는 사실을 깨달은 모양이다.

"가자! 이쪽이야!"

그렇게 말한 나는 땅을 박차고 입속으로 다음 주문을 외우기 시작했다.

나와 쉐라가 어두운 골목을 질주하는 동안, 검은 옷들은 지붕 위에서 쫓아오면서 간헐적으로 작은 주문 공격을 펼쳐왔다.

어떤 것은 피하고 어떤 것은 어딘가에 숨어 그 공격을 피하는 사이.

내 주문이 완성되었다!

"파이어 볼!"

지붕과 지붕 사이로 보이는 달을 향해 나는 불덩어리를 쏘아 올렸다.

물론 이런 것이 검은 옷들에게 맞을 리 없다.

그러나!

"브레이크!"

그렇게 외치고 손가락을 딱 튕긴 그 순간.

콰아아아아아앙!

하늘로 치솟던 파이어 볼이 굉음과 함께 밤하늘에서 작렬했다!

"뭐냐?!"

"무슨 일이야?!"

소리와 빛에 놀라 여기저기의 집에서 소란이 일었다.

좋아! 계산대로야!

여러 가지 정황으로 판단해볼 때 검은 옷들은 기본적으로 비밀리에 행동하고 있을 터.

그렇다면 당연히 사람들의 눈에 띄기는 싫을 터였다. 마을 사람들이 우글우글 밖으로 나오면 그들로선 퇴각할 수밖에 없다.

그런데….

"파이어 볼."

으잉…?!

누가 뭘 어떻게 했는지 머리로 이해하기도 전에 나는 그 순간 앞으로 도약하고 있었다.

콰아아앙!

뒤에서 열기가 일어나며 불꽃이 주변의 집들을 밝혔다.

검은 옷 중 한 명이 갑자기 파이어 볼을 쏜 것이다.

물론 이런 곳에서 파이어 볼을 쏘면 어떻게 되는지는 말할 것도 없다. 불꽃은 근처의 집에 옮겨 붙어서 순식간에 번져갔다.

"제정신이야?! 너희들?!"

쉐라와 함께 골목을 달리면서 지붕 위에 있는 두 사람에게 소리를 질렀다.

물론 대답이 돌아올 거라곤 생각하지 않았지만….

"우리들은 상관없어. 마을에 불을 지른 사람은 너 리나 인버스니까."

"뭐?!"

예상을 뒤엎고 돌아온 그 대답에 나는 무심코 소리를 질렀다.

오호라, 나를 해치운 다음 마을에 불을 지른 게 리나 인버스라는 소문을 퍼뜨릴 생각인가?

하지만! 그렇게 놔둘 순 없지!

나는 다음 주문을 속으로 외우기 시작했다.

허나 그 주문이 완성되기도 전에.

우리들의 앞을 가로막듯 골목 반대편에서 뛰쳐나오는 검은 옷들의 모습!

어느 틈에 아래쪽으로 내려온 거지?!

정면에 있는 검은 옷의 손이 작게 움직였다!

칫!

나는 빙글 반회전해서 망토 끝을 손으로 잡고 후려치듯이 휘둘렀다.

팟! 파밧!

전해지는 묵직한 감촉.

아마 작은 나이프 같은 것을 던진 모양이다. 그것을 내가 망토로 휘감아버린 것.

그리고 내 주문이 완성되었다!

"프리즈 애로!"

내가 만든 냉기의 화살은 앞을 가로막고 있는 검은 옷들을 향해 돌진했다!

"크악!"

역시 십여 발이나 되는 얼음 화살을 다 피하지는 못했는지 검은 옷은 그중 하나를 발에 맞고 땅에 얼어붙었다.

좋아! 일단 이 녀석부터 해치우자!

그 순간 주문을 외우는 내 뒤에서 일어나는 살기.

다른 한 녀석이 뒤쪽으로 돌아간 건가?!

"프리즈 애로!"

뒤에서 들려온 소리를 신호로 나는 크게 옆으로 뛰어 쉐라를 쓰러뜨리고 땅에 뒹굴었다.

"뭐야!"

에잇! 불평은 나중에 해!

실제로 쉐라가 조금 거치적거리는 건 사실이지만 거꾸로 그녀의 존재는 검은 옷들에게 장애물이 되기도 했다.

쉐라를 산 채로 붙잡는다는 목적이 있는 이상, 그녀까지 말려들어 죽을지도 모르는 공격은 녀석들도 할 수 없다. 방금 나이프 공격과 프리즈 애로에서도 상당한 조심스러움이 느껴졌다.

어찌 됐든 반격으로 이행하기 위해 일어서려던 순간.

"프리즈 애로!"

목소리는 지붕 위에서 들려왔다.

이익?!

앞과 뒤, 그리고 지붕 위.

검은 옷들의 숫자는 세 명 이상인가?!

한순간 놀라고 당황한 나머지 나의 움직임이 약간 늦어졌다.

그래도 간신히 쉐라를 다시 밀쳐내고 그 반동을 이용해서 쏟아지는 냉기의 화살을 피했다.

"아이시클 랜스!"

그리고 아직 움직이지 못하는 정면의 녀석에게 일격을 쏘았다. 과연 이것까지는 피하지 못한 정면의 검은 옷은 완전히 얼음덩어리가 되었다.

이걸로 한 명!

다음 주문을 외우면서 나는 장소를 바꾸기 위해 땅을 박찼다.

허나 그 순간.

쿵!

갑자기 누군가가 뒤쪽에서 잡아당기는 바람에 나는 앞으로 고꾸라졌다.

아닛?!

아무런 기척도 없었는데?!

황급히 어깨너머로 돌아보니 내 망토 끝이 땅에 붙어 있는 광경이 보였다.

이런! 아까 위에서 날아온 프리즈 애로를 피한 줄 알았는데 망토에 한 방 맞은 건가?!

당황감과 초조함이 생겨난 그 찰나.

그 순간을 놓치지 않고 뒤에 있던 검은 옷이 품속에서 나이프인지 뭔지를 꺼내 나에게 던지는 자세를 취했….

쿵!

크게 앞으로 고꾸라지며 그대로 쓰러져 움직이지 않게 되었다.

그리고 그 뒤에 서 있는 사람은….

"가우리!"

"여, 왠지 소란스러워서 달려왔어."

한 손에 검을 든 채 나에게 윙크 한 번.

캉! 카앙!

그와 동시에 머리 위에서 검과 검이 맞부딪치는 소리.

그 얼마 뒤, 우리들과 조금 떨어진 골목에 검은 옷 두 사람이 내려왔다.

"여, 나도 왔어."

위에서 들려오는 가벼운 목소리.

바람 소리와 함께 내 옆에 내려선 것은 말할 것도 없이 루크와 미리나 2인조였다.

가우리도 이쪽으로 합류해서 이로써 이쪽은 총출동!

하지만 검은 옷들이 전부 몇 명 있는지는 알지 못하므로 아직 방심은 금물이다.

일단 나는 마법으로 작은 불꽃을 만들어서 냉기로 지면에 달라붙어 있는 내 망토를 떼어냈다.

"포기하는 게 좋지 않겠어? 이번엔."

"포기할 필요는 없다!"

내 말에 검은 옷 한 사람은 단호하게 말했다.

목소리로 보건대 상대는 그 가르 뭐시기인 듯하다.

그때에는 고분고분 얌전히 철수했는데 이런 식으로 말하는 것을 보니 또 뭔가 숨은 꿍꿍이가 있는 건가?

"재미있군! 그럼 여기서 결판을 내도록 하지!"

말하고 나서 루크가 검을 고쳐 쥔 그 순간.

콰아아아아앙!

나와 검은 옷들의 사이에 있는 집의 벽이 폭발하듯 무너졌다!

반사적으로 뒤쪽으로 물러나는 우리들.

"뭐야?!"

<u>그르르… 그르르르르…</u>.

루크의 목소리에 대답하기라도 하듯 잔해가 만들어낸 흙먼지 속에서 들려오는 낮은 신음 소리.

아니, 흙먼지 안에서뿐만이 아니다.

우리들의 뒤쪽…, 쭉 뻗어 있는 골목의 어둠 속에서도.

여러 개의 기척과 신음 소리가 일었다.

설마?!

나는 황급히 주문을 외우고….

"라이팅!"

높게 솟아오른 마법의 불빛이 주위의 어둠을 지웠다.

흙먼지가 걷히고 어둠이 사라지자 그 안에 있던 것들이 모습을 드러냈다.

십여 마리의 데몬들이.

3. 서둘러라, 마력검 쟁탈전

"우아아아아아아앗?!"

갑자기 모습을 드러낸 레서 데몬과 브라스 데몬의 혼성 부대에 쉐라는 놀라서 비명을 질렀다.

뭐… 이런 것들이 갑자기 눈앞에 나타나면 보통 누구든 놀라는 법이지.

이렇게 말하는 나도 사실 조금 놀랐지만.

그 쉐라의 비명이 거슬렸는지 주위에 있는 데몬들이 일제히 이쪽을 노려보았다.

쉐라가 숨을 삼키는 소리를 들으면서도 나는 몰래 주문을 외우기 시작했다.

그러나 그 주문이 완성되기도 전에.

우오오오오오오웅!

데몬들이 일제히 울부짖었다!

무수한 불덩어리와 불꽃 화살이 데몬들의 앞에 나타났다!

그리고!

휘이이이이이익!

그것들은 일제히 우리들에게로 쏟아졌다!

하지만 그때.

루크가 성큼 한 발짝 앞으로 나섰다.

들고 있던 검의 도신이 희미한 빛을 띠고 있다.

설마 마력검?!

크게 검을 치켜들고….

"마풍격[魔風擊]!"

우웅!

은색 섬광이 허공을 벤 그 순간, 밤바람이 신음하며 열풍이 생겨났다!

딤 윈?!

바람은 날아오는 불덩어리와 불꽃 화살들을 너무나 쉽게 날려 버렸다.

"흥…."

루크는 득의양양한 얼굴로 이쪽을 돌아보았다.

"봤지?! 미리나! 내…."

"자랑은 나중에 들을게."

미리나가 도중에 말을 끊어버리자 조금 아쉬운 얼굴을 하는 루크.

그런 두 사람을 바라보면서 나는 잠시 멍하니 있었다.

방금 전 루크가 주문을 외우던 낌새는 없었다.

주문 영창 하나 없이 검을 한 번 휘두른 것만으로도 딤 윈 주문과 동급 이상의 효과를 발휘하다니.

이건 상당한 수준의 마력검으로 보인다!

어쩌면 딤 윈을 발동시키는 것 외에는 재주가 없을지도 모르지만, 그래도 검에 한번 마력이 서린 이상, 순마족들처럼 물리적 공격이 통하지 않는 상대에게도 대미지를 입힐 수 있는 가능성은 있다!

좋아! 나중에 싸게 팔라고 해야지!

그러나 지금은 물론 교섭 따위를 하고 있을 때가 아니다.

일단은 눈앞의 데몬들을 해치우는 것이 선결!

맨 처음 움직인 것은 미리나였다.

"아스트랄 브레이크[呪靈四王縛]!"

그녀의 주문을 정통으로 얻어맞고 가까이 있던 레서 데몬 한 마리가 가루가 되었다.

루크와 가우리가 검을 들고 통로 앞뒤에 있는 적을 향해 각각 돌진했다!

그리고 완성된 나의 주문!

"제라스 브리드[獸王牙操彈]!"

만들어진 빛의 띠가 데몬 두 마리를 한꺼번에 뚫어버렸다.

빛은 내 의지에 따라 공중에서 다시 궤도를 바꾸어 다른 한 마리를 해치우고 밤하늘에 흩어져 사라졌다.

그동안 통로 앞뒤에서는 루크와 가우리가 이미 한 마리씩 데몬을 해치운 상태였다.

나머지 숫자는….

"위!"

미리나의 목소리가 들린 것과 동시에 머리 위에서 기척을 느끼고 나는 즉시 뒤로 물러섰다.

쿠웅!

거의 동시에 지축을 울리며 눈앞에 내려선 거대한 그림자.

레서 데몬!

지붕 위에도 있었나?!

그리고 그 내려선 데몬의 눈앞에는… 쉐라!

야단났다! 나도, 미리나도 아직 주문 준비가 되지 않았는데!

데몬은 쉐라를 향해 크게 오른손을 치켜들었고….

그 순간 그녀가 움직였다.

물러서는 게 아니라 레서 데몬을 향해 크게 한 발짝 내디디고 오른손바닥으로 데몬의 명치를 가격한다!

움찔!

그리 힘 있는 것처럼 보이지는 않는 그 일격에 레서 데몬의 몸이 크게 한 번 떨렸다.

쿠… 웅….

그러고는 그대로 뒤쪽으로 쓰러지더니 꿈쩍도 하지 않게 되었다.

오오….

"뭐야…. 강하잖아… 쉐라…."

내 중얼거림에 그녀는 조금 무뚝뚝한 얼굴을 했다.

"약하다고 말한 기억 없어."

어깨에 걸쳐 있는 댕기머리를 손가락으로 튕기며 말했다.

그러고 보니 검은 옷들과의 공방전 때에도 알게 모르게 상대의 공격을 피해냈지….

뭐, 어찌 됐든 그녀가 제법 싸운다는 사실을 알게 된 이상, 나도 싸움에 집중할 수 있다.

자, 나머지 적의 숫자는?

나는 뒤에 있는 가우리 쪽으로 시선을 돌리고 물었다.

"가우리! 상대의 숫자, 그쪽은 앞으로 얼마나 남았어?"

두세 마리라는 답을 예상하고 있었는데—

"모르겠어! 이곳에는 두세 마리 남은 것 같은데!"

돌아온 것은 예상과 조금 다른 대답이었다.

이곳이라니… 너….

"여기도 마찬가지야! 다른 곳에서도 소란이 일어나고 있는 모양이야! 데몬 녀석들, 어쩌면 마을 전체에 넘쳐나고 있는 거 아냐?"

나와 가우리의 대화를 들었는지 루크도 소리를 질렀다.

마… 마을 전체에…?

무슨 근거로 하는 말인지는 모르지만 상황을 확인해둘 필요는 있다.

나는 속으로 주문을 외웠다.

"레이 윙!"

그 자리에서 수직으로 상승했다.

밤하늘에 떠올라 주위를 둘러보고….

"아닛?!"

나는 무심코 소리를 지르고 말았다.

한순간 술법의 집중이 흐트러져 바람의 결계가 휘청 기울어졌다. 마을의 이곳저곳에서 불길이 오르고 있었다.

이곳에선 상황이 전혀 보이지 않지만 만약 이것들 전부가 데몬들의 소행이라면… 출현한 숫자는 거의 백에 가깝지 않을까?

우리들 주위에 있던 데몬들은 돌연히 나타났으니 검은 옷들이 소환한 게 아닐까 했는데… 아무래도 그런 건 아닌 모양이다.

술자의 역량에 따라 달라지지만 보통 마법사가 데몬을 불러내서 조종하는 경우, 한 번에 소환 및 제어할 수 있는 숫자는 기껏해야 두 마리가 고작인 것으로 알려져 있다.

그렇다면 이 정도 숫자의 데몬을 조종하려면 최소한 40~50명의 술자가 필요하다는 말이 된다.

그러나 만약 그 정도 숫자의 검은 옷들이 있다면 굳이 데몬 따위를 소환할 것 없이 직접 한꺼번에 우리들을 공격했을 것이다.

그렇다고 해도 어떤 마을에서 있었던 것처럼 야생 데몬의 습격이라 생각하기엔 출현이 너무나 갑작스럽다.

이 정도 숫자의 데몬이 어디선가 밀려왔다면 누군가가 접근을 눈치챌 테니 마을 한쪽 끝에서부터 소란이 일어나야 정상이다.

그러나 실제로 이렇게 위에서 바라보니 불길은 마을 이곳저곳에서 산발적으로 일어나고 있었다.

이건 대체….

생각한 그 순간.

작은 불빛이 시야 한구석에 만들어졌다.

가깝다!

거의 반사적으로 그쪽을 돌아본 순간 작은 빛에 반사되어 보이는 검은 윤곽선.

검은 옷 중 한 명?! 그렇다면 저 빛은…?

파이어 볼?!

나를 향해 빛의 구슬을 던지는 검은 옷. 동시에 나는 술법을 제어해서 하강하기 시작했다.

허나!

콰아앙!

"?!"

바람의 결계에 닿았는지, 아니면 다른 원인인지 머리 위에서 불덩어리가 흩어지며 붉은 불꽃을 흩뿌렸다!

폭발의 여파에 나는 바람의 결계째로 근처 집의 벽과 땅바닥에 내팽개쳐졌다!

바람의 결계가 없었다면 죽었을 거다, 이거….

머리가 어찔어찔했지만 나는 지상에서 술법을 풀고 겨우 태세를 추슬렀다.

"다들 조심해! 주위에 아직 검은 옷들이 숨어 있어! 난리를 틈타 우리들을 해치울 생각이야!"

나는 소리를 질러 다른 사람들에게 경고했다.

이 상황에서라면 검은 옷들이 조금 대담한 짓을 한다 해도 모두 데몬들의 소행으로 여길 것이다.

"지붕 위에도?"

"응, 한 명 있었어."

묻는 미리나에게 대답하는 나.

"그럼 그 녀석을 우선 상대해야겠구나. 내가 날고 네가 쏘는 게 어때?"

"오케이."

그녀의 제안에 나는 고개를 끄덕였고, 두 사람은 주문을 외우기 시작했다.

주문을 완성한 그녀가 내 어깨에 손을 얹고 '힘 있는 말'을 해방했다.

"레비테이션!"

아마 주문에 뭔가 수정을 가한 것이리라. 우리 두 사람은 레이 윙급… 까지는 아니지만 보통 레비테이션보다는 훨씬 빠른 속도로 둥실 떠올랐다.

곧 두 사람은 지붕 위보다 높이 올라갔다. 나는 주위를 두리번두리번 돌아보고….

찾았다!

지붕 위에 웅크리고 숨어 있는 검은 덩어리를 달빛과 불빛이 어둠 속에서 한순간 부각시켰다.

동시에 나는 그곳을 향해 외운 술법을 해방했다!

"담 브라스[振動彈]!"

콰앙!

내가 쏜 일격이 지붕을 박살 내기 직전, 검은 옷은 옆으로 도약했다.

하지만!

콰르륵!

검은 옷이 착지한 곳은 너무나 쉽게 함몰했다!

내가 방금 쏜 한 방은 탤리스먼의 힘을 빌린 강화판 담 브라스. 물론 증폭되어 있는 만큼 파괴력도 상당하다. 보통의 담 브라스로 보고 피했다면 당연히 이렇게 될 수밖에.

"?!"

태세를 바로잡기 위해 검은 옷은 몇 발짝 헛걸음질을 했지만 버티지 못하고 지붕 밑으로 낙하했다.

탁.

그래도 멋지게 착지하는 검은 옷. 거기까지는 좋았지만….

콰아아아아아!

바로 옆에 있던 한 마리의 레서 데몬이 검은 옷을 향해 불꽃 화살을 퍼부었다!

"?!"

과연 착지 직전에 지근거리에서 펼쳐진 공격은 피할 수 없었는지 검은 옷의 전신이 불꽃에 휩싸였다!

그리고.

콰앙!

가지고 있던 화약에 불이 붙었는지 검은 옷의 몸이 폭발해서 산산이 흩어졌다. 눈앞에 있던 데몬도 정통으로 그 여파에 말려들었다.

그나저나… 데몬이 검은 옷들에게 공격을 한 것을 보면 역시 이 녀석들은 검은 옷들이 소환한 것이 아니었군….

그밖에도 어딘가에 검은 옷들이 있기는 하겠지만 일단 근처에 있는 낌새는 없다.

나와 미리나 두 사람은 천천히 다시 땅에 내려섰다.

"이쪽은 모두 해치웠어!"

기다리고 있었다는 듯 루크가 말을 걸어왔다.

"이쪽도야!"

아무래도 가우리 쪽도 정리한 모양이다.

하지만 데몬들이 날뛰고 있는 곳은 이곳뿐만이 아니다.

"좋아! 이대로 다른 데몬들도 단숨에 해치우자!"

"응!"

"뭐어?!"

내 말에 쉐라를 제외한 전원은 힘차게 고개를 끄덕였다.

"후아아… 잘 잤어?"

"이미 대낮이야."

아직 졸린 눈을 비비며 내려온 나에게 미리나는 여느 때와 같은 어조로 말했다.

가우리, 쉐라, 루크, 미리나. 식탁에는 이미 전원이 모여 있었다.

"어쩔 수 없잖아, 잠이 든 게 새벽 나절이었는데…. 아, 아저씨, 여기 치킨 스테이크 세트랑 생선 조림 세트, 누들 수프 하나씩 부탁해요♡"

가게 아저씨에게 가벼운 식사를 주문하고 나서 나는 가우리의 옆자리에 앉았다.

어젯밤.

아니, 정확히는 오늘이지만 데몬들을 다 해치운 것은 동녘 하늘이 밝기 시작한 무렵이었다.

물론 마을에 있는 데몬들을 우리들이 모두 해치운 것은 아니다.

베젤드에서 일어난 사건과 근처 마을들이 습격당한 탓에 이런 큰 마을에는 나라의 병사들과 마법사 협회에서 파견된 마법사들이 경호를 위해 모여 있었다.

마을은 상당한 피해를 입었지만 그들의 활약 덕분에 겨우 데몬들을 격파할 수 있었다.

우리들이 묵고 있던 여관도 다행히 무사했다.

그러나….

"하지만 결국 검은 옷 녀석들은 놓치고 말았군."

접시에 놓인 넙치 크림 소테를 포크로 찌르면서 루크는 불만스럽게 중얼거렸다.

"그건 그래⋯.

결국 수확이라 할 만한 건 쉐라를 보호한 것뿐이야⋯."

"보호?"

내 말에 쉐라는 도끼눈을 이쪽으로 돌렸다.

"지붕에서 밀쳐내고 데몬과 싸우게 한 게 보호⋯?"

아아아아! 아직도 원한을 품고 있다!

"아니, 뭐⋯ 그건, 저기⋯ 그래! 너의 숨겨진 실력을 간파하고 한 행동이었어!"

"호오오오오?"

또 무슨 말인가를 하고 싶다는 도끼눈으로 그녀는 나를 바라본다.

"뭐, 그건 접어두고."

옆에서 끼어든 것은 가우리였다.

그는 쉐라의 눈동자를 정면으로 바라보며 말했다.

"이제 그만 사정을 설명해줘도 좋지 않을까?"

"우⋯."

그 말에 쉐라는 작게 신음하더니 가우리에게서 약간 시선을 돌렸다.

그러나 가우리는 물끄러미 그녀를 바라본 채로 계속 말했다.

"전에 리나에게서 사정 설명을 듣긴 했는데… 그때에는 하나도 안 듣기도 했고….'

쿠웅!

너무하다면 너무한 그 발언을 듣고 무심코 테이블에 머리를 박는 나.

"드… 듣지 않았던 거야?! 너?!"

"아니, 그게… 핫핫핫."

가우리는 뒤통수를 벅벅 긁었다.

"어쩌면 들었을지 모르지만… 지금은 전혀 기억하지 못하니까 결과적으론 같은 게 아닐까 생각해서 말야."

"생글거리면서 말하지 마아아아아!

그럼 뭐야? 혹시 너, 단순히 내가 움직이고 있으니까 아무 생각 없이 따라다니면서 되는대로 움직였다는 거야?"

"뭐, 그런 셈이지."

"생글거리면서 말하지 말라고 했잖아아아!"

퍼억!

"우욱!!"

내 분노의 팔꿈치가 가우리의 관자놀이에 박혔다.

"알기 쉽게 말하면, 네가 쓸 마력검을 구하기 위해 쉐라의 환심을 사서 공짜로 검을 손에 넣자는 목적으로 움직였던 거야! 알았어?"

"너무 알기 쉬워… 그건….."

나를 보고 있던 쉐라의 눈이 더욱 사나워진 것 같다는 건 기분 탓일까?

사소한 것은 일단 접어두고.

나는 쉐라 쪽으로 시선을 돌렸다.

"뭐, 농담은 이쯤 해두고…."

"정말요? 정말로 농담이었어요? 방금 그 발언이?"

나는 그녀의 항의를 굳이 무시하고 말을 이었다.

"너한테도 여러 가지 사정이 있을 거라는 생각은 들어.

말하고 싶지 않은 것도 있겠지.

하지만,

말하고 싶지 않고 사정이 있다고 해서 입 다물고 넘길 수 있는 사태는 이미 아니라는 생각이 드는데."

"……."

내 말에 쉐라는 아무 말 없이 흥 하고 고개를 돌렸다.

나는 다시 한번 찔러보았다.

"저기… 쉐라….

혹시 관계가 있는 거 아냐?

네가 말하고 싶지 않은 것…

다시 말해 베젤드의 검과 이번 데몬 발생 사건이…."

"뭐…?!"

루크가 놀라 소리를 질렀고 미리나의 한쪽 눈썹이 꿈틀 올라갔다. 물론 사태를 전혀 이해하지 못하는 가우리는 무반응.

그리고 쉐라는….

후우….

무거운 한숨을 한 번 쉬었다.

한순간의 침묵이 흘렀다.

그때를 기다리고 있었다는 듯 가게 아저씨가 내 앞에 주문한 요리를 가져왔지만 나는 일부러 손도 대지 않고 조용히 쉐라를 바라보았다.

"그것은…."

그녀가 작게 입을 연 건 그 얼마 뒤의 일이었다.

"그 검은…, 세상에 있어선 안 될 물건이다….

아버지는 술에 취하면 입버릇처럼 이야기했어요…."

역시… 검?!

쉐라의 멱살을 잡고 흔들면서 어디에 있느냐고 묻고 싶은 충동을 필사적으로 억누르며 나는 조용히 귀를 기울였다.

"그건 악마를 만들어내는 검이니… 이 세상에 나와선 안 된다고…."

"악마를 만들어내는… 검…?"

쉐라의 말에 무심코 얼굴을 마주 보는 우리들.

"예…

자세한 것은 저도 듣지 못했어요.

하지만…

만약 아버지가 말한 검과 이번 데몬 발생 사건이 관계가 있다면 …… 어떤 계기로 검의 힘이 발동해서 이번 사건이 일어난 것이라면……

제가… 어떻게든 해야 해요….”

뒷부분은 자기 자신에게 말하듯 중얼거리는 어조였다.

“그렇구나. 그래서 혼자 어떻게든 해보려고 베젤드로 간 거였어.”

내 말에 그녀는 고개를 끄덕여 수긍했다.

“하지만 ‘어떻게 할’ 방법은 알고 있어?”

“그… 그건….”

미리나가 조용한 어조로 묻자 쉐라는 입술을 깨물고 고개를 숙였다.

보통이라면 여기서 잠시 어색한 침묵이 흐르기 마련이지만….

“좋아! 쉐라! 그럼 우리들에게 맡겨! 반드시 어떻게든 해 보일 테니까!”

루크가 자신만만한 기세로 가슴을 쾅쾅 두드렸다,

“단언할 수 있는 근거는 있어?”

“없어!”

냉정하게 찔러오는 미리나에게 루크는 역시 자신만만하게 바로 단언했다.

“없지만 한다면 해! 그것이 남자니까!”

“난센스야.”

말하고 나더니 그녀는 조용히 미소 지었다.

"난센스지만… 싫지 않아, 그런 모습."

"싫지 않아?!"

그녀의 말에 루크는 울먹울먹한 눈을 하며 외쳤다.

"그 말은! 그래! 드디어 내 사랑을 받아들일 마음이 된 거구나!"

"농담할 시간에 이야기나 계속 진행하는 게 어때?"

"농… 농담이라고? 난…."

매우 차갑게 흘려 넘기자 루크는 잠시 훌쩍거렸지만 이윽고 또 외쳤다.

"에잇! 내 사랑이 지금은 비록 받아들여지지 않더라도 언젠가는 분명 결실을 맺을 날이 오겠지! 그날까지! 나에게 좌절은 없다!"

가게 전체에 울려 퍼지는 크고 힘찬 목소리였다.

그만둬…. 창피하니까….

다른 손님들이 쳐다보잖아.

"하… 하지만,

만약 그 '악마를 만들어내는 검'이라는 말 그대로 그 검이 이번 데몬 사건의 원인이라면…."

더 이상 루크가 창피한 소리를 지를 틈을 주지 않기 위해 나는 황급히 화제를 바꾸었다.

"어떤 왕실이나 영주의 비밀 조직으로 보이는 그 검은 옷들이 손에 넣고 싶어하는 것도 무리는 아니야."

"어째서…?"

내 말에 고개를 갸웃거리며 묻는 가우리.

"어… 어째서… 라니?

군사적으로 이용할 수 있잖아. 완전히."

"군사적으로 이용한다고? 하지만 검을 가지고 있으면 주위에 데몬들이 나올 거 아냐?

그런 위험한 검을 자신의 나라나 영지에 가지고 갈 수는 없지 않을까?"

"그러니까…

그 반대로 쓰면 되는 거야.

예를 들면 그 검을 적대 국가나 영지에 숨겨두고 데몬이 우글우글 발생하기를 기다리는 거지.

그 뒤엔 내버려둬도 적 영지 내에서 데몬이 계속 발생해서 전력과 국력은 엉망이 돼.

그때 틈을 봐서 군을 보내 침략하든지 원조 명목으로 흡수를 꾀하든지, 하고 싶은 대로 할 수 있다고.

정면으로 전쟁을 하는 것보다 압도적으로 비용도 적게 들고 효과적이야."

"그… 그렇구나…. 과연 리나, 나쁜 짓에는 일가견… 아니… 아무것도 아니야."

내 분노의 시선을 눈치챘는지 가우리는 말끝을 흐렸다.

"그런 물건이 리나 인버스 같은 극악인에게 넘어가면 세상이 난장판이 될 건 틀림없겠군."

"누가 극악인이야?! 누가?!"

"누가라니… 말하지 않아도 알잖아?"

바로 옆에서 찔러오는 루크.

"이…!"

"농담은 이쯤 해두고…."

내가 불평을 터뜨리기도 전에 그는 은근슬쩍 화제를 바꾸었다.

"실제로 그런 검이 정말로 있다면 적어도 그 검은 옷 녀석들에게 넘길 수는 없겠군."

"으…! 뭐… 그건 그래…. 그건 동감이야."

일방적으로 당하고 끝나는 건 분하지만 이렇게 진지한 이야기를 꺼내오면 무시하고 다시 말다툼을 벌일 수도 없다.

어쩔 수 없이 나는 고개를 끄덕였다.

"그래서…

제안이 하나 있는데…."

"제안?"

"응.

일단 쉐라에게 확인해두고 싶은데, 만약 우리들이 검을 어떻게든 처리해서 데몬 소동을 저지한다면…

그 뒤에는 문제의 검이 어떻게 되어도 상관없지? 악용만 되지 않으면.

가령 우리들 중 누군가가 그 검을 가지고 간다고 해도."

"아… 예… 뭐….

도와줄 테니까 돈을 내라, 이러면 곤란하지만 그 정도라면…."

루크의 말에 너무나 선선히 고개를 끄덕이는 쉐라.

마력검의 가격이 대체 얼마쯤 되는지 알고 있기는 한 걸까?

아니면 데몬을 멋대로 소환하는 섬 따윈 이차피 돈이 안 될 거라고 생각하는 건지….

"좋아. 오케이."

루크는 손가락을 딱 튕기고 이쪽으로 고개를 돌렸다.

"그리고 다음은 너희들에게 묻겠어.

만약에 마력검이 존재하고 그걸 손에 넣는다고 해도 말이지.

우리들과 사이좋게 나눠 가질 생각은 물론 너희들도 없겠지?"

"뭐, 그렇지."

나는 고개를 끄덕였다.

이쪽은 어디까지나 '쓰기' 위해 검을 손에 넣으려는 거다. 그것을 루크 일행과 나눠 가지는 건 애당초 불가능.

뭐… 루크 일행에게 검의 가격 절반을 지불하고 '구입하는' 형태로 해결하는 방법도 있기는 하지만….

왠지 손해 보는 듯하니까 싫다.

"그래서,

내 제안은 이거야.

검은 옷들에게 대항하기 위해서 우리 다섯 사람이 손을 잡는 거야."

"너… 방금 나눠 가질 생각은 없다고 말하지 않았어…?"

"끝까지 들어, 리나.

검은 옷에게 대항하기 위해서는 손을 잡는 게 좋아.

검에 대해서는—데몬이 우글우글 나오는 현상을 어떻게든 처리하려면 손을 잡는 편이 좋을 거라 생각해.

그리고 데몬을 어떻게든 처리하는 거지.

그 뒤에도 검이 무사하다면 우리 두 사람과 너희 두 사람 중 먼저 손에 넣는 사람이 가지기로 하는 거야."

흐음… 그렇게 나오시겠다?

나는 잠시 생각했다.

"좋아….

하지만 대답하기 전에 한 가지 확인해둘게.

만약 데몬의 발생을 멈추기 위해서 검을 부러뜨릴 수밖에 없다고 하면 넌 어떻게 할 거야?"

움찔!

내 질문에 루크의 얼굴이 한순간이지만 분명 굳는 것을 물론 나는 놓치지 않았다.

뭐, 굳는 것도 무리는 아니지만.

루크의 목적은 어디까지나 검을 돈으로 바꾸는 거다.

레서 데몬과 브라스 데몬을 마음대로 만들어낼 수 있는 검이라면, 물론 드러내놓고 거래할 수는 없겠지만, 뒷거래로 팔면 상당한 돈이 수중에 들어온다.

한편 검을 쓰는 것이 목적인 우리들로선, 주위에 데몬을 불러내는 검 따윈 쓰기는커녕 가지고 다닐 생각도 없다.

다시 말해 이 조건은 우리들에겐 유리하지만 루크 일행에겐 불리하다.

"그… 그건…."

내 예상대로 루크는 잠시 말꼬리를 흐렸다.

그러나.

무언가를 호소하는 듯한 눈망울로 옆에서 빤히 그를 바라보고 있는 쉐라의 시선을 문득 깨닫고 외쳤다.

"당… 당연하지!

무엇보다! 사건을 해결하는 것이 우선이니까!

하… 하하하!"

미련이 덕지덕지 남은 표정으로 될 대로 되라는 식의 억지웃음.

"좋아! 그렇다면 우리도 이견은 없어.

쉐라도 괜찮지?"

"물론이에요. 데몬들의 발생을 멈출 수만 있다면.

베젤드 북쪽 산에 있는 폐광 속…

거기에 검이 있어요.

자세한 장소는 베젤드에 도착한 뒤에 알려드리죠."

"좋아! 그럼 베젤드까지는 임시 휴전이야. 선수 치기 없기!

그리고 루크, 이건 다른 이야기인데, 네가 가지고 있는 검 역시 일종의 마력검이야?"

"응? 그래. 무명이지만."

음! 역시 내 예상대로!

그렇다면 바로 매매 교섭! 싸게만 살 수 있다면 횡재하는 거다!

"저기, 저기, 그 검 우리한테 안 팔래?! 어때?! 선심 써서 530
에!"

우당탕!

나의 완벽한 제안에 무슨 까닭인지 뒤집어지는 루크와 미리나.

"뭐야아아?! 그 가격은?!"

"훗. 내가 생각해도 깜짝 놀랄 만한 적정 가격♡"

"어디가?!"

루크는 힘차게 불만의 소리를 냈다.

나는 과거에 가우리에게 빛의 검을 550에 팔라고 교섭한 적이
있다.

뭐… 결국 팔지 않았지만….

빛의 검이 550이니 딤 윈이 딸려오는 무명 마력검 정도에 그 이
상의 가격을 매길 수는 없다! 그것이 바로 적정 가격, 상인으로서
올바른 자세다!

지역에 따라선 착취니 사기니 하는 말이 나올지 몰라도….

"말해두는데,

지금은 사라졌지만 요전까지 내가 가지고 있던 마력검은 이 가
우리가 부록으로 딸려왔음에도 공짜였다고!"

"이봐…."

과연 가우리도 방금 내 말은 그냥 흘려들을 수 없었는지 도끼눈으로 노려보았다.

"뭐… 그 가격에는 팔 수 없지만…."

루크는 다시 자세를 고쳐 앉았다.

"530억이라면…."

우당탕!

그의 말에 이번엔 내가 뒤집어졌다.

"어… 어… 억이라고…?!"

중얼거리며 나는 비틀비틀 자세를 바로잡았다.

지난번에도 내가 말한 가격의 1만 배를 부른 녀석이 있었지만….

그래도 억은 너무 심하다.

"다시 말해… 팔 생각은 없다는… 거지?"

"말도 안 되는 가격을 제시하는 녀석한텐 말야."

차가운 얼굴로 딱 잘라 말한다.

으음…, 그렇다면 어쩔 수 없지….

역시 베젤드에 있는 마력검에 기대를 걸 수밖에!

루크 일행에게서 검을 사면 돈을 내야 되지만 자신의 손으로 직접 구하면 공짜이다. 마력검의 가격을 생각하면 분명히 말해 이 차이는 크다.

자, 그럼 언제 누가 먼저 선수를 칠 것인가.

검의 행방은 어떻게 될까?

아니, 그전에 정말 검이 있기는 한 걸까?

냉정하게 생각해보면 다시 그 대전제로 되돌아온다. 검이 있다는 이야기는 쉐라의 아버지가 취중에 한 말 외엔 근거가 없다.

막상 뚜껑을 열어보니 검이 아니었고 데몬 사건과는 완전히 다른 사건일 가능성도 충분하다.

그러나 그런 걸 일일이 따지기 시작하면 그땐 정말 아무것도 못 한다.

아무튼.

여러 가지 문제를 떠안고 있는 상태에서 분열을 전제로 한 급조 동맹이 여기서 결성되었다.

베젤드 마을.

이번의 데몬 대량 발생 사건의 발단이 된 곳인 만큼 마을은 무거운 분위기에 잠겨 있었다.

데몬의 습격을 경계해서인지 길에는 노점상 하나 없었고 어딘가로 대피했는지 문을 닫은 민가와 상점도 많았다.

마을 요소요소에는 굳은 얼굴로 서 있는 병사들의 모습을 볼 수 있었고 대낮인데도 거리에는 사람이 없어서 마을은 이상한 정적에 휩싸여 있었다.

마치 마을 전체가 공포에 몸을 움츠리고 있는 것처럼….

…….

그런 정경을 나는 상상했는데….

실제로 베젤드 마을은 꽤 평화로웠다.

거리에는 노점이 늘어서 있고 길에는 마차가 오가고 있다.

떠들썩한 상점. 거리를 뛰노는 아이들.

병사와 마법사의 모습이 다른 마을에 비해 분명 많이 보이기는 했지만… 다른 것은 그 정도뿐이었다.

여관 아저씨의 말에 따르면 얼마 전까지는 데몬이 습격할 거라는 소문이 나돌아서 노점이 서지 않은 적도 있었다는데….

이곳보다 먼저 다른 마을들이 습격당한 탓에 이렇게 된 바엔 어디로 도망쳐도 마찬가지… 아니, 오히려 병사가 많이 주둔해 있는 만큼 오히려 이곳이 더 안전하다는 인식이 퍼져서 결국 마을을 뜨는 사람은 거의 없었다고 한다.

어차피 이 마을에서 도망친다고 해도 따로 갈 곳이 없는 사람들도 많을 테고.

그 부분의 사정이 이해가 안 가는 바는 아니지만….

너무 긴장감이 없는 것 같다는 생각이 든다.

방에 난 창을 통해 밤거리를 바라보며 나는 그런 생각을 하고 있었다.

가로등에 밝혀놓은 마법의 불빛이 밤을 비추고 있고,

이곳저곳에 있는 술집에서는 수런거림이 새어 나오고 있다.

늦은 밤… 까지는 아니지만 지금은 이미 저녁을 훨씬 지난 시각이다. 마을 사람들이 조금이라도 위기감을 가지고 있다면 불안에 떨며 집 안에 틀어박혀 있을 텐데, 여기서 본 바로는 아직 통행인이 꽤 많다.

내가 묵고 있는 이 여관도 여전히 사람들의 출입이….

"……?"

나는 말없이 미간을 좁히고 몸을 창 밖으로 내밀었다.

방금 이 여관에서 밖으로 나간 작은 체구의 사람 그림자.

그 뒷모습은 틀림없이 쉐라였다.

검은 옷 일당이 이 마을에도 있을 가능성은 상당히 높다. 그 사실은 그녀도 잘 알고 있을 거다.

그럼에도 어째서 우리들에게 아무런 언질도 없이 이런 시각에 몰래…?

그런 생각을 하고 있던 내 뇌리에 쉐라와 처음 만난 마을에서 여관 아저씨가 했던 말이 떠올랐다.

그녀는 이 베젤드에서 태어난 것으로 보인다.

흐음….

그 순간 모락모락 머릿속에 피어나는 호기심.

과거에 여러 가지 일들이 있었던 것 같아서 그녀의 성장 내력에 대해선 굳이 아무것도 묻지 않았는데, 생각해보니 그녀의 모친은 누구인지, 정말로 출신지는 이 베젤드인지 불확실한 부분이 너무나 많다.

…….

조금 망설인 다음 나는 망토를 펄럭였다.

방을 나와 계단을 내려가서 여관 현관으로 향했다.

무엇을 할지는 설명할 필요도 없다. 쉐라의 뒤를 쫓는 것이다.

그렇다고 오해하면 곤란하다. 나는 단순히 흥미 위주에서 그녀의 뒤를 쫓는 것이 아니다. 이것은 어디까지나 검은 옷들로부터 그녀를 지키기 위함이다.

그럼 몰래 뒤를 밟을 필요는 없지 않느냐는 설도 있긴 하지만… 그건 그거고. 쉐라가 어디로 무엇을 하러 가는지 조금 흥미가 있기도 하고….

뭐, 그 부분의 사정은 복잡한 여심이라고 이해하도록.

여관 현관을 나와서 주위를 두리번두리번 둘러보니….

있다!

부연 가로등 불빛 아래를 조용히 걸어가는 쉐라의 등이 현관 앞에서도 확인되었다.

나는 그 뒤를 따라 살며시 밤공기 속으로 미끄러졌다.

그녀는 잠시 큰길을 걷다가 이윽고 옆길로 들어갔다.

이곳에선 그녀의 표정이 보이지 않았지만 그 발걸음은 무언가 조바심을 내는 듯도 보였다.

곧 쉐라는 길모퉁이를 돌아서 허름한 골목으로 들어갔다.

서두르고 있는 건지, 무슨 생각에라도 빠져 있는 건지 뒤를 돌아보려고 하지도 않았다.

이윽고 그녀는 점점 마을 중심가에서 벗어나 빈민가 쪽으로 나아갔다.

주위는 술집의 등도 꺼져서 어둠이 조금씩 짙어지고 있다.

왠지… 별로 좋은 분위기가 아닌데…?

그렇게 생각하면서도 계속 몰래 그녀의 뒤를 밟고 있을 때.

앞에서 걷던 쉐라의 발길이 뚝 멈추었다.

내 미행을 눈치챈 것은 아니다.

"여, 아가씨, 이런 시간에 이런 곳에서 산책이야?"

멈춰 선 원인은 그녀의 앞에 모습을 드러낸 불량배풍 4인조였다.

"위험하다고, 여자가 밤길을 혼자 걷는 건.

뭐하다면 우리들이 집까지 바래다줄까?"

그중에서 수염이 덥수룩한 한 사람이 그렇게 말하고 저속한 미소를 씨익 머금었다.

술이라도 마셨는지 별로 발음이 확실치 않다.

"지금 바빠요. 비켜주세요."

"'지금 바빠요. 비켜주세요'래. 귀엽네, 고것."

대체 뭐가 재미있는지 그렇게 말하고 크게 웃는다.

"이봐, 무슨 볼일이 있는지는 모르겠지만 그런 건 내버려두고 지금부터 우리들이랑 놀자고."

"…바빠요. 지나가게 해주세요."

같은 말을 되풀이하는 쉐라의 목소리에는 이번엔 약간 분노의 기색이 어려 있었다.

홋…, 쉐라의 실력도 모르고 쓸데없는 시비를 걸다니….

불쌍한 불량배들이다.

"자, 자, 그렇게 쌀쌀맞게 굴지 말고. 응?"

수염이 쉐라를 향해 손을 뻗었다.

그 순간 그녀의 오른손이 움직였다.

남자의 오른손을 가볍게 뿌리치고 주먹을 불량배의 안면에 박아 넣는다.

그런 광경을 내가 뇌리에 그리고 있을 때.

불량배의 모습이 스윽 사라졌다!

어?!

퍼억!

"윽!"

신음하며 크게 휘청거린 것은 불량배가 아니라 쉐라 쪽이었다.

그대로 털썩 앞으로 쓰러지는 것을 수염이 안아 든다.

쉐라가 주먹을 뻗은 그 순간….

그는 몸을 낮추고 그녀의 명치에 주먹을 꽂아 넣었던 것이다.

물론 술에 취한 불량배 나부랭이가 그런 일을 할 수 있을 리 없다. 그럼?!

나는 황급히 주문을 외우며 놈들의 앞으로 뛰쳐나갔다.

그러나 그 순간.

"플레어 애로!"

침묵하고 있던 남자 두 명이 동시에 나를 향해 공격주문을 쏘았

다!

"우와아아아앗?!"

황급히 근처 골목으로 몸을 숨겨서 간신히 일격을 피하는 나.

내가 쉐라의 뒤를 밟고 있음을 놈들도 눈치채고 있었던 모양이다.

"리나 인버스,

네 상대는 거기 있는 두 사람이 해줄 거다.

그동안 이 아가씨는 내가 데리고 가도록 하지."

수염의 목소리가 바뀌었다.

내 귀에 익은 목소리였다.

"자인!"

그렇다.

어디를 보아도 술에 취한 불량배로 보였던 이 남자가 바로 검은 옷 중 한 명인 자인이었던 거다.

경솔했다! 설마 그동안 아웅다웅했던 녀석이 갑자기 맨 얼굴로 불량배를 가장해서 시비를 걸어올 줄은…!

자인은 어깨에 가볍게 쉐라를 짊어지고 돌아서서 달리더니 다른 한 사람과 골목 안으로 사라졌다.

남은 두 사람으로 내 발을 묶어놓을 생각인가?!

나는 서둘러 주문을 외우고 옆쪽의 벽에 손을 댄 채 외운 주문을 해방했다!

"반 레일!"

손을 중심으로 냉기의 덩굴이 나선을 그리며 벽과 땅을 기어 나아간다.

이것에 접촉하면 얼음에 휘감겨서 발이 얼어붙거나 운이 나쁘면 한순간에 얼음덩어리가 되어버린다.

그러나.

"플레어 애로!"

남자 한 명이 쏜 술법이 뻗어가는 얼음 덩굴을 가볍게 증발시켰다.

오호라! 플레어 애로를 외워두었다가 내가 여기서 뛰쳐나오거나 술법을 걸어오면 받아친다.

철저히 시간을 버는 데에만 충실할 생각인가?!

그렇다면!

나는 다음 주문을 외우고….

"딤 윈!"

강풍을 만들어내는 주문을 해방했다!

보통이라면 상대의 움직임을 멈추는 정도의 바람을 만들어내는 게 고작이지만 방금 내 일격은 탤리스먼의 힘을 이용해서 증폭시킨 것이다.

게다가 사용한 장소는 폭이 얼마 안 되는 골목길.

<u>고오오오오오오</u>!

"……?!"

놈들의 예상을 훨씬 초월한 열풍은 비명 소리조차 삼켜버리고 두 사람을 날려버렸다.

좋았어!

몸을 숨기고 있던 통로에서 뛰쳐나와 나는 자인이 사라진 방향으로 향했다.

얼마쯤 가자 골목길은 두 갈래로 갈라져 있었다.

오른쪽?! 왼쪽?!

한순간 주저하며 멈춰 선 순간.

"프리즈 애로!"

목소리와 살기가 위쪽에서 내려왔다.

"······?!"

즉시 크게 뒤쪽으로 도약했다.

거의 동시에 방금 전까지 내가 서 있던 땅에 냉기의 화살이 열 개 정도 박혔다.

황급히 올려다보니 낡은 민가 지붕 위에 이쪽을 내려다보며 서 있는 남자가 한 사람.

아까 자인과 함께 도망친 녀석이었다.

여기서도 끈질기게 시간을 벌 생각인가?!

이미 자인과의 거리는 상당히 벌어졌을 터. 그렇다면 이 녀석을 상대하고 있을 시간은 별로 없다.

하지만 무시하고 골목길을 달리는 것 역시 너무 위험하다.

그렇다면!

나는 레이 윙의 주문을 외우기 시작했다.

주위에 바람의 결계를 두르고 고속으로 비행하는 술법. 이걸로 통로를 통과한다면 위쪽에서 날아오는 어지간한 공격마법은 바람의 결계가 튕겨낼 거다.

그러나 내 주문이 완성되기도 전에.

지붕 위의 남자는 별안간 방글 등을 돌리더니 모습을 감추었다.

아뿔싸?!

그건 자인이 이미 내 손이 닿지 않는 장소까지 도망쳤다는 의미였다….

"어떻게 할 거야?! 대체?!"

테이블을 쾅! 걷어차고 루크는 분노한 목소리를 냈다.

쉐라가 자인 일당에게 납치당한 뒤.

나는 레비테이션 술법으로 잠시 상공에서 주위를 찾아보았지만 결국 아무것도 발견하지 못하고 끝났다.

딤 윈으로 날려버린 두 사람도 어느 틈엔가 모습을 감추어서 결국 아무런 단서도 찾지 못했다.

무작정 혼자 찾는 건 쓸데없는 시간 낭비라 판단하고 여관으로 돌아가서 모두에게 사정을 설명했는데….

내 말에 역시 루크는 격노했다.

"말해두지만! 미안으로 끝날 문제가 아니야! 놈들의 목적은 쉐라가 가지고 있는 정보라고! 알아내기 위해 무슨 짓을 할지…!

쉐라의 몸에 무슨 일이 생기면 대체 어떻게 할 생각이야?! 너?!"

"우⋯."

물론 나로선 입이 열 개라도 할 말이 없다.

가령 쉐라가 몰래 여관을 나간 시점에서 말을 걸었다면, 혹은 불량배를 가장한 자인 일당이 그녀에게 시비를 길어왔을 때 방심하지 않고 무언가 손을 썼다면 이런 사태는 막을 수 있었을 것이다.

"애당초! 재미있을 것 같다고 뒤를 밟는 구경꾼 근성이⋯."

"불평은 나중에도 할 수 있어."

루크의 말을 끊은 것은 미리나의 조용한 목소리였다.

"지금 해야 하는 일은 다 함께 쉐라를 찾는 거야."

"우⋯ 그런가? 그렇겠지?

좋아! 리나! 너에 대한 불평은 나중에 하지! 어쨌거나 그 장소로 안내해!"

"알았어!"

물론 나에게 이견이 있을 리 없었다. 애당초 그렇게 할 요량으로 이곳으로 돌아온 거니까.

이리하여 우리 네 사람은 납치된 쉐라를 구출하기 위해 밤거리로 뛰쳐나갔다.

"여기야."

말하고 내가 발길을 멈춘 곳은 지붕 위에서 프리즈 애로가 날아왔던 그 갈림길이었다.

"쉐라를 잡아간 검은 옷이 이곳을 지나간 건 거의 틀림없어.

그리고 녀석은 쉐라를 안고 있었어. 아무리 단련된 몸이라고 해도 빨리 달리는 데엔 한계가 있지.

그러니까 놈들의 아지트는 아마 이 근처에 있을 거야!"

"알았어! 그럼 분담해서 찾자! 나는 오른쪽! 너희들은 왼쪽이야! 무슨 일이 있으면 마법의 빛을 띄워서 신호해!"

말하고 나서 루크는 내 대답을 기다리지도 않고 미리나와 함께 골목길을 달려갔다.

"그럼 가우리! 우리들도 찾자!"

"응!"

나와 가우리 두 사람도 반대편 골목으로 향했다.

"하지만 리나, 여기서 그리 멀지 않다고 해도 찾기가 꽤 힘들 것 같은데, 이거…."

"뭐… 뭐, 그렇겠지…."

가우리의 말에 고개를 끄덕이는 나.

주위에는 누가 살고 있는지 아니면 폐가인지 낡은 건물들이 줄줄이 늘어서 있었다.

그중에는 당연히 지하실이나 다락방 같은 것이 딸린 집도 있으리라.

그런 곳에 자인 일당이 몸을 숨기고 있을 가능성도 크다.

찾으러 가는 건 말할 것도 없지만 하나라도 빼먹으면 안 된다.

"어쨌거나! 힘들건 말건 철저히 찾을 수밖에 없어!

일단 이 집부터 시작해보자!"

나는 바로 앞에 있는 한 채의 폐가를 척! 가리켰다.

쇼트 소드를 뽑아 들고 검 끝에 불을 밝힌 후….

"담 브라스!"

콰앙!

입구를 공격주문으로 날려버리고 안으로 들어가 탐색 개시!

…….

그러나 역시 한 번에 당첨될 만큼 세상사가 호락호락하지는 않은 모양이다.

"다음! 저 집으로 가보자."

두 번째 집을 가리키고 나는 말했다.

"하지만 리나, 어째서 쉐라는 혼자서 거리로 나간 거지?"

"글쎄? 그것만큼은 본인에게 묻지 않으면 알 수 없겠지.

위험하다는 걸 알면서도 혼자 몰래 나갔을 정도니까 어지간한 사정이 있었겠지.

어쩌면 자신의 힘을 과신하고 있었거나… 혹시 이번 사건에 아직 무언가 다른 내막이 있을지도 모르지만…

어쨌거나 일단은 그녀를 찾아내는 게 우선이야."

두 번째 집도 쾅.

세 번째 집도 헛수고.

술법으로 문을 부수고 지하실이 없는지 찾은 후, 다락방을 찾는 것은 성가시니 제일 위층의 천장을 주문으로 날려버리고 확인한다.

그런 짓을 몇 번 반복했을 즈음인지.

"으음, 그럼 다음은 저 집을….."

말하고 나서 내가 근처에 있는 한 채의 폐가를 가리키려던 그때.

앞쪽 하늘이 파앗 밝게 빛났다.

"―어?!"

그쪽으로 눈길을 돌리니 밤하늘에 빛나는 마법의 라이팅!

루크 일행의 신호였다.

오호라! 저쪽에 있었구나!

"가자! 가우리!"

"응!"

서로 한 번 크게 고개를 끄덕이고 두 사람은 동시에 달려갔다.

라이팅이 빛나는 곳으로.

어둠에 잠긴 창문 안에서 한순간 빛이 번뜩였다.

신호가 보였던 곳에 우리들이 도착했을 때에는 이미 싸움이 시작된 모양이었다.

다세대 주택으로 보이는데, 3층짜리 벽돌 건물의 3층 창문에서 공격주문으로 보이는 빛이 때때로 흘러나왔다.

레비테이션이나 레이 윙 같은 비행술로 단숨에 창문으로 돌입하고 싶었지만 레이 윙으로 돌진하기엔 창문이 너무 작았고, 그렇다고 레비테이션으로 한가하게 올라가다가 만약 이상한 장소로 나가기라도 하면 그땐 정말 적의 집중 공격을 받고 만다.

역시 여기선 고지식하게 현관으로 돌입할 수밖에 없나?

두 사람은 건물 현관을 향해 달렸다. 루크 일행이 부쉈는지 문은 파괴되어 뒹굴고 있었다.

일단 주위에 적의 기척은 없었다.

두 사람은 그대로 안쪽으로 나아갔다. 위쪽에서는 여전히 싸움이 계속되는 기척이 전해진다.

계단을 발견하고 단숨에 3층까지 뛰어올라가서….

휘익!

"우왓?!"

계단에서 3층 복도로 얼굴을 내민 그 순간, 눈앞을 한 줄기 빛이 스쳐 지나갔다.

콰앙!

빛은 내 눈앞을 스쳐 지나가서 반대편 벽을 박살 냈다.

담 브라스…. 위… 위험했다!

"늦었구나!"

그리 떨어지지 않은 곳에는 루크와 미리나 두 사람의 얼굴.

"두 사람 정도 해치웠는데… 놈들도 상당히 끈덕지더군."

계단 위쪽에는 이곳에서 보아 왼편으로 똑바로 복도가 뻗어 있었고, 복도 좌우에는 각 방의 문이 죽 늘어서 있었다.

루크와 미리나가 있는 곳은 여기에서 대각선 방향에 있는 방문 뒤쪽이었다.

아무래도 쭉 뻗은 복도 끝에 검은 옷들이 아직 몇 명 있는 듯하다.

"다른 층에 적들은?!"

"1층과 2층에는 없었어! 여기뿐이야!"

그렇군. 그럼 이 전력만 해치우면 된다 이거지?

"그렇다면 얼른 해치우자!"

"쉽게 말하지 마! 그럴 수 있다면 이런 고생 안 해!"

내 말에 근성 없는 말을 토해내는 루크.

확실히 적은 복도 길이를 이용해서 끊임없이 공격주문을 쏘아대고 있었다.

이 상황에서 복도를 똑바로 돌진하는 건 분명 자살 행위이다.

이 안에 쉐라가 붙잡혀 있을 가능성이 큰 이상, 강력한 주문으로 건물째 날려버릴 수도 없다.

그러나….

머리와 주문은 쓰기 나름! 어떻게 쓰느냐에 따라 성패가 좌우된다!

나는 복도에 빼꼼 얼굴을 내밀었다.

그 순간 날아오는 프리즈 애로!

"우와아앗!"

황급히 얼굴을 거두고 그 일격을 피해낸다.

그러나 이걸로 대충 적의 포진은 알았다.

복도 맨 끝 좌우 방문 뒤쪽, 그곳에 검은 옷이 한 명씩.

좋아! 그렇다면 당장 작전 실행!

나는 발걸음을 휙 돌려 다시 계단을 내려갔다.

"아! 이봐! 도망칠 생각이야?!"

뒤쪽에서 들려오는 루크의 목소리는 무시.

여기서 설명할 수는 없다.

"이봐, 리나, 어떡할 생각이야?"

"공격 준비를 해! 눈앞에 적이 나타나면 해치우라고!"

따라오면서 묻는 가우리에게 나는 매우 간결하게 대답했다.

"뭐? 하지만 아래쪽에 적은 없잖아?"

"됐으니까!"

말하고 나는 주문을 외웠다.

이곳 다세대 주택도 예외가 아니어서 역시 2층은 3층과 똑같은 구조. 복도가 똑바로 뻗어 있고 그 좌우에도 방문.

나는 복도를 가로질러 맨 끝에 있는 방문을 열고 동시에 주문을 해방했다!

"담 브라스!"

목표는 열린 문 위의 천장.

다시 말해 3층에 있는 검은 옷들의 발치.

콰앙!

"우와악!"

비명을 지르고 잔해와 함께 밑으로 떨어지는 검은 옷 한 명.

"그렇구나! 그런 거였어!"

그때 가우리의 검이 번뜩였다.

좋아! 하나는 해결!

나는 계속해서 다시 한번 같은 술법을 외우고….

"담 브라스!"

콰앙!

반대편 문 위쪽도 같은 요령으로 박살 냈다!

그러나 이번에 떨어진 것은 잔해뿐.

그리고 천장에 뚫린 구멍 가장자리에는 이쪽을 내려다보고 서 있는 검은 옷.

"멍청한 놈! 같은 수법이 통할 줄 알았느냐!"

생각이 얕구나. 바보는 너야.

촤악!

검의 일격을 제대로 얻어맞고 그 검은 옷은 허무하게 쓰러졌다.

동료의 발밑이 무너지는 것을 보고 서 있는 장소를 바꾸어 공격을 피할 생각이었겠지만….

그 상황은 3층에 있는 루크 일행도 보고 있었던 것이다.

반대편 검은 옷은 당연히 장소를 바꾸었다.

그렇다면 이동할 곳은 방 안뿐. 그곳에선 루크 일행의 움직임은 보이지 않는다.

그것을 간파한 루크가 득달같이 복도를 가로질러와 나를 내려다보며 득의양양해 있던 검은 옷을 한칼에 베어버렸던 거다.

"어때?! 위쪽은?!"

묻는 나에게 루크는 주위를 둘러보며 대답했다.

"이제 적은 없는 모양이야.

다만 쉐라도 없는 것 같은데."

"뭐…?"

나는 다시 발길을 돌려 전력질주로 계단을 뛰어올라 루크 일행이 있는 곳으로 갔다.

방 안에는 휴대용 식료품과 짐 등이 어지럽게 흩어져 있었다.

아무래도 역시 그들은 이곳을 활동 거점으로 삼고 있었던 모양이다.

그러나 루크의 말대로 쉐라의 모습은 없었다.

"어쩌면 이곳 말고 다른 아지트도 있는 게 아닐까?"

실망한 기색을 담아 말하는 루크.

흐음….

나는 방 안에 있는 검은 옷들의 짐을 대충 살펴보았다.

"그렇지 않아. 아마 쉐라는 얼마 전까지 이곳에 있었을 거야."

"뭐?! 정말?!"

"그녀의 소지품이라도 있었어?"

미리나의 질문에 나는 고개를 저었다.

"아니, 이곳에 있는 것은 검은 옷들의 물건뿐이야.

다만…

이곳에 있는 물건으로 보건대 검은 옷들의 숫자는 대략 열 명 정도.

하지만 우리들이 여기서 해치운 것은 네 명.

자, 여기서 문제입니다.

검은 옷의 나머지 절반과 쉐라는 아지트를 떠나 대체 어디로 갔을까요?!

가장 가능성이 높은 것은…."

"아…!"

"그렇구나."

내가 하려는 말이 무엇인지 눈치챘는지 소리를 지르는 루크와 미리나.

혼자 이해하지 못하는 가우리.

"그래."

말하고 나는 고개를 끄덕였다.

"그들이 간 곳은 북쪽 산…,

잠들어 있는 검이 있는 곳이야…."

4. 그리고 지금 잠들어 있던 검이 눈을 뜬다—

이름 모를 새가 어딘가에서 울고 있었다.

밤에 우거진 어둠 색 나무들.

검 끝에 밝혀진 마법의 불빛과 달빛이 사라지면, 밤의 산은 말 그대로 완전한 어둠으로 변한다.

데몬이 나올지도 모르는 산길을 밤중에 돌아다닌다는 것.

분명히 말해 제정신이 아니지만 검은 옷들이 쉐라를 데리고 이곳으로 왔을 가능성이 높은 이상, '밤의 산길은 무서우니까 하룻밤 푹 쉬고 가자♡'는 느긋한 소리나 하고 있을 때가 아니다.

전에 쉐라는 우리들에게 말했다.

베젤드 북쪽에 있는 폐광… 그 안에 검이 잠들어 있다고.

다시 말해 우리들이 지금 있는 이 산에.

"하지만 정말로 검은 옷들이 이 산에 왔을까?"

긴장을 누그러뜨리기 위해서인지, 아니면 단순히 타고난 성격인지 루크는 투덜투덜 푸념을 했다.

"알고 보니 아지트가 하나 더 있고 검은 옷들은 아직 움직이지 않았다든지, 알고 보니 다른 산이었다고 하면 성격 버릴 것 같아, 나."

"그 성격에 더 버릴 게 있긴 해?"

"큭…."

미리나의 말엔 약한 듯 루크는 조금 주눅이 든 어조로 대꾸했다.

"그런 말이 어딨어, 미리나. 이래 봬도 꽤 성실하게 살아왔다고. 이것도 다 너하고 행복하게 살기 위해서♡"

"난 부탁한 적 없어."

"흑흑흑흑…."

너무나 단호하게 부정당하자 결국 눈물을 흘리며 조금은 조용해진 루크.

"사랑싸움은 나중에 해. 이제 곧 광산이니까."

"사랑싸움이 아니야!"

내 말에 미리나는 발끈해서 말꼬리를 잡았다.

으음…, 가망이 없구나… 루크….

얼마 후 일행은 숲 속을 빠져나와….

……?!

시야가 별안간 넓어졌다.

숲이 끊긴 그곳에는 온통 바위로만 이루어진 암벽이 우뚝 서 있었다.

"……."

눈앞에 있는 그 광경에 우리 네 사람은 할 말을 잃고 멈춰 섰다.

쉐라의 말대로 그곳에 폐광은 있었다.

그것도….

잔뜩.

암벽 전체에 폐광 입구로 보이는 크고 작은 구멍이 여기저기 뚫려 있었는데

그 숫자는 대략 열 개 이상.

게다가 그것은 어디까지나 우리들이 있는 곳에서 보이는 범위에서였다. 그 외에도 산 여기저기에 폐광이 존재하거나 갱도 안에서 갈림길이 있을 수 있다는 점을 감안하면, 찾아야 할 장소의 숫자는 대체 어느 정도나 될지….

"부… 분명히 폐광이 있긴 하구나…."

멍하니 중얼거리는 루크에게 역시 멍하니 말없이 고개를 끄덕이는 미리나.

"그런데 어디로 들어가지?"

조용….

가우리의 눈치 없는 말에 일동은 완전히 침묵했다.

뭐… 확실히 쉐라는 '폐광은 하나'라고 말하진 않았고… 냉정하게 생각해보면 오리할콘의 채굴 러시가 있었으니 뚫린 구멍도 한둘이 아닐 것이라고 예상하는 게 옳을지 모르지만….

으음….

어떻게 하란 거냐… 이건….

"우웅…."

"난감하네…."

"……."

나와 루크와 미리나는 미간에 주름을 잡으며 팔짱을 꼈다.

"저기, 리나, 저기 같은 덴 꽤 수상하지 않아?"

그런 가운데 가우리가 느긋한 어조로 벽에 뚫린 구멍 하나를 가리켰다.

어두운데다 거리가 있어서 잘 보이지는 않지만 특별하게 달라 보이지는 않는데….

"수상하다니…? 어디가 어떻게?"

"입구 부근에 웬 천 조각 같은 게 걸려 있는 것 같은데."

"뭐?"

그 말을 듣고 눈에 힘을 주어서 바라보았지만… 이 상태에선 역시 보이지 않는다.

"어디에…?"

"그러니까, 봐, 저기 말야. 뭔가 걸려 있지?"

루크와 미리나 두 사람도 그쪽을 뚫어지게 바라보았지만 나와 마찬가지로 아무것도 보이지 않는 모양이다.

"좋아!

여기서 보이니 안 보이니 말해봤자 소용없어.

어쨌거나 가우리가 말한 곳까지 가보자. 밑져야 본전이니까."

내 말에 세 사람은 고개를 끄덕였다.

가우리가 가리킨 폐광의 입구는 절벽을 조금 올라간 곳에 있었다. 올라가는 길을 찾는 시간이 아깝다.

나는 주문을 외우고 가우리의 어깨에 손을 얹었다.

"레비테이션!"

둥실 뜬 우리들을 따라 루크와 미리나 두 사람도 각자 레비테이션 술법을 외우고 밤하늘로 떠올랐다.

"아, 좀 더 오른쪽. 그대로 직진."

가우리의 지시에 따라 나는 술법을 제어했다. 이윽고 일행은 어느 폐광의 입구에 도착했다.

그리고 그 입구에는….

"정말이네…."

암벽이 튀어나온 부분에 걸려 있는 한 장의 손수건을 들고 나는 중얼거렸다.

"하지만 너, 잘도 그곳에서 이런 걸 보았구나."

"아니, 뭐, 핫핫핫."

감탄하는 루크에게 가우리는 머리를 긁적거리며 겸연쩍은 웃음. 손수건은 아직 새것이었다. 비바람에 노출된 흔적은 없었다.

그렇다면.

"우리들을 위해 쉐라가 남긴 표식인지, 아니면 우리들을 혼란시키기 위해 검은 옷들이 남긴 건지…

판단하기 어려운 상황이네…."

중얼거리는 내 옆에서 미리나가 속으로 주문을 외우고 손끝에 작은 마법의 빛을 만들어냈다.

그것을 손으로 감싼 채 주저앉아 잠시 갱도 바닥을 살펴보던 그녀는 이윽고 몸을 일으키고 말했다.

"무언가가 지나간 흔적이 있어. 그것도 여러 명이."

"정말?!"

"틀림없어."

자신만만하게 고개를 끄덕이는 미리나.

"좋아! 그럼 가보자!"

네 사람은 갱도 안으로 달려갔다.

선두는 뽑아 든 검 끝에 마법의 불빛을 밝힌 루크. 그리고 미리나와 내가 뒤를 따르고 제일 뒤쪽이 가우리였다.

이윽고 얼마 가지 않아 길은 좌우 양쪽으로 나뉘었다.

"어느 쪽이지?!"

루크의 질문에 미리나는 잠시 지면을 조사하고는 말없이 오른쪽을 가리켰다.

그리고 다시 달리는 일행.

오리할콘에 눈이 먼 녀석들이 여기저기 마구 파헤친 결과인지 갱도는 흡사 미로 같은 모습을 보이고 있었다.

미리나의 말을 믿는다면 확실히 누군가가 지나간 흔적은 안쪽으로 안쪽으로 이어져 있는 듯하다.

과연 검은 옷들과는 대체 어느 정도 거리가 벌어져 있는 것일까….

만약 쉐라가 어느 정도 시간을 벌어주었다면 몰라도 그렇지 않다면 검은 이미 그들의 손에 넘어갔을 가능성도 있다.

뭐, 그 경우 도중에 딱 마주쳤을 때 때려눕히고 검을 **빼앗으**면 되지만.

그렇게 얼마나 나아갔을까….

쿠… 쿠구구구구구구구궁!

먼 땅울림과 진동이 갱도를 뒤흔들었다!

혹시 이 안쪽에?!

우리 네 사람은 얼굴을 마주 보고 크게 한 번 고개를 끄덕인 다음 갱도 안쪽을 향해 달려갔다.

"찾았다!"

내가 소리를 지른 것은 그로부터 얼마 동안 달린 뒤의 일이었다.

구부러진 갱도 끝에서 희미하게 새어 나오는 마법의 빛.

그렇다는 말은 상대 쪽에서도 이쪽이 보인다는 소리.

나는 주문을 외우면서 속도를 늦추지 않고 달렸다.

그리고 얼마 가지 않아.

보인 것은 멈춰 선 검은 옷 세 명!

쉐라의 모습은 그곳에 없었다. 갱도 끝은 낙반으로 막혀 있었고 그 바로 앞에 검은 옷 세 사람이 있을 뿐이었다.

낙반으로 쉐라와 **뿔뿔**이 흩어진 건가?

주문 공격을 경계해서인지 한순간 발을 멈추는 루크와 미리나. 그러나 개의치 않고 돌진하는 나!

"플레어 애로!"

역시 사전에 주문을 외워두었던 것이리라. 내가 발길을 멈추지 않는 것을 보고 검은 옷 세 사람이 이쪽을 향해 술법을 쏘았다!

그러나 이렇게 될 것은 이미 예상했던 일! 나는 이미 외워두었던 주문을 발동시켰다!

고오!

강풍이 내 주위에서 소용돌이쳤다.

증폭판 바람의 결계.

보통이라면 화살 등을 튕겨내는 게 고작인 이 술법도 증폭하면 상당히 견고한 장벽이 된다.

물론 플레어 애로 따윈 문제도 아니다. 검은 옷들의 공격은 너무나 쉽게 튕겨나갔다.

나는 바람의 결계를 풀고….

"파이어 볼!"

뒤에서 루크의 목소리가 울려 퍼졌다.

내 옆을 스쳐 검은 옷들에게 날아가는 빛의 구슬 하나!

이이이익?!

확실히 이 상황에서 파이어 볼을 날리면 검은 옷들은 해치울 수 있겠지만… 이쪽에도 폭염은 날아온다!

그리고 이 갱도에 그 폭염으로부터 피할 장소 따윈 있을 리가 없다!

그리고!

콰아아아아앙!

파이어 볼이 작렬했다!

소용돌이치는 불꽃이 검은 그림자 세 개를 삼키고 이쪽을 향해 혀를 날름거렸다!

허나 그것이 도달하기 직전!

"플레어 실[火呪封殺]!"

미리나의 힘 있는 말에 부응해서 불꽃은 보이지 않는 벽에 가로막힌 듯 내 눈앞에서 딱 멈추었다.

가볍게 손을 뻗으면 닿는 거리지만 열기조차 전혀 전해지지 않는다.

미리나가 방금 쏜 것은 꽤 고위의 내화(耐火) 주문으로, 효과는 보는 바와 같다. 다만 주문 영창에 상당한 시간이 걸리는 탓에 실전에서 쓸 기회는 거의 없는데….

그렇구나. 누군가와 연계해서 이런 식으로 쓰는 방법이 있었어.

소용돌이치는 불꽃은 곧 사그라졌고 그 자리에는….

"……?!"

우리 네 사람은 무심코 숨을 삼켰다.

방금 전의 일격으로 쓰러진 세 명의 검은 옷…. 그 광경을 다들 상상하고 있었는데….

연기 속에서 모습을 드러낸 것은 우뚝 서 있는 검은 옷 한 명.

그렇구나! 내가 돌진했을 때 두 사람은 플레어 애로를 쏘았지만 나머지 한 사람은 만약을 위해 내화 주문 같은 걸 외우고 있었던 거야!

하지만 다른 두 사람은 역시 좀 전의 공격에 당했는지 이미 모습이 보이지 않았다.

덧붙여 설명하면 방금 있었던 폭발의 압력으로 날아가버린 것인지 갱도를 막고 있던 흙더미가 무너져 안쪽으로 이어진 통로가 만들어져 있었다.

"제법이구나…. 설마 이렇게나 빨리 올 줄이야…."

분노를 내뿜으며 신음하는 검은 옷.

이 목소리는… 자인!

"좀 더 일찍 해치웠어야 했는데….

그러나!

이제 더 이상은 안 봐준다!

이번에야말로 전력으로…."

우오오오오오오오오오오오오!

자인의 헛소리를 중단시킨 것은 갱도 안에서 들려온 누군가의 절규였다.

"가르바 님?!"

그 비명에 자인은 돌아서더니 우리들에겐 눈길도 주지 않고 갱도 안을 향해 달려갔다.

가르바… 라고? 그 가르 뭐시기라는 검은 옷을 말하는 건가?

한순간 우리들은 서로 얼굴을 마주 보았지만 여기서 이러고 있어봤자 별수 없다!

"가자! 우리들도!"

말하고 나는 자인의 뒤를 쫓아 달렸다.

"우아아아아아아아아아아아아아아악!"

영원히 계속될 것 같은 가르바의 비명이 갱도 안에 메아리쳤다.

?!

눈앞에서 전개되는 광경에 우리들은 넋을 잃고 서 있었다.

갱도의 막다른 곳.

그곳은 꽤 광대한 공간이었다.

어지간한 집이라면 두세 채는 들어설 수 있을 정도의 높이와 넓이.

그 중앙에는….

땅에 깊이 박혀 있는 검은 검 한 자루.

완만한 곡선을 그리는 도신. 장식 없이 똑바로 뻗은 칼자루.

검은 압도적일 정도의 독기를 내뿜고 있었다.

그 칼자루를 양손으로 꽉 움켜쥔 채 가르바가 크게 몸을 젖히고 고통스러운 절규를 내뱉고 있었다.

검이 만들어낸 검은 플라스마가 가르바의 전신을 기어 다녔다.

그리고 그 옆에는….

입가에 희미한 미소를 머금고 가만히 멈춰 선 쉐라의 모습!

우리들의 바로 옆에서 자인 역시 그 광경을 눈앞에 두고 경직되어 있었다.

"대… 대체…?!"

가우리가 낸 목소리에 쉐라는 그제야 튕기듯 이쪽을 돌아보았다.

"아…!"

지금까지 우리들이 온 것을 눈치채지 못했는지 한순간 놀란 듯 눈을 크게 뜨고 난처하다는 표정을 짓는다.

"이런… 벌써 와버렸네…. 게다가 모두 함께."

말하고 나서 넉살좋게 뺨을 긁는다.

"너… 너…?! 대체…?!"

내 질문에 쉐라는 쓴웃음을 머금었다.

"우웅… 한 사람씩 와주었으면 했는데….

뭐, 이렇게 된 바엔 어쩔 수 없지."

"이… 이봐! 쉐라, 무슨 소리야?! 대체 뭐가 어떻게 된 거야?!"

루크가 언성을 높였다.

확실히 대체 뭐가 어떻게 되고 있는지는 나도 잘 알 수 없었다.

그러나… 나는 직감했다.

우리들의 진짜 적은 다름 아닌 쉐라라는 것을.

그녀는 사랑스러운 시선을 가르바… 아니, 검 쪽으로 돌렸다.

"뭐, 좀 더 이것저것 시험해보고 싶었지만…

이렇게 된 바엔 어쩔 수 없지.

변화해라, 두르고파."

파직!

쉐라의 부름에 부응해서 검이 흩뿌리던 플라스마가 한층 격렬함을 더했다!

그리고!

"가르바 님!"

자인의 비통한 비명이 울려 퍼졌다.

검은 플라스마를 온몸에 뒤집어쓴 가르바의 육체가 이상한 형태로 변하기 시작했다!

전신의 살이 부풀어 오르더니 엉뚱한 곳에서 정체 모를 다리 같은 것이 튀어나왔다.

이미 가르바는 비명을 지르고 있지 않았다.

주위를 지배하고 있는 것은 검은 플라스마가 날뛰는 소리며 짐승의 신음과 비슷한 소리.

그리고 쉐라의 웃음소리….

우득!

가르바의 육체가 크게 물결치더니 한층 크게 부풀어 올랐다.

위험하다!

"다들! 밖으로 나가!"

나는 본능적으로 위험을 느끼고 소리를 질렀다.

그제야 전원이 제정신을 차리고 발길을 돌려, 왔던 갱도로 달려갔다.

신음과 웃음소리는 이윽고 뒤쪽에서 멀어지고….

고… 고고… 고고고….

정적 대신 찾아온 것은 기분 나쁜 진동이었다.

게다가 점점 커지고 있다.

늦기 전에 탈출할 수 있을까?

고고고고고고고고고고고!

산 전체가 진동하고 있었다.

상당히 커진 그 흔들림 속을 우리 다섯 사람은 출구를 향해 내달렸다.

나와 가우리, 루크와 미리나.

그리고 다섯 사람째는 내 옆을 달리는 검은 옷 자인이다.

방금 전까지는 적이었지만 이렇게 된 이상, 우리들끼리 싸울 이유는 없다.

고고고고고고고고!

공기를 진동시키며 대지가 흔들리는 가운데 우리들은 간신히 입구에서 밖으로 뛰쳐나왔다!

"떨어져! 어서!"

일행이 암벽에서 떨어져 숲 속으로 뛰어든 바로 그 순간!

콰앙!

산 중턱을 깨부수고 달빛 아래 모습을 드러낸 거대한 검은 그림자 하나!

우오오오오오오!

—달을 향해 울부짖은 그것이야말로 과거에 가르바라 불리던 인간의 말로였다.

"뭐야…? 대체…?"

미리나가 공포에 질려 중얼거렸다.

나는 대충 알 수 있었다.

대체 무슨 일이 일어났는지.

물론 단편적이긴 하지만.

나는 과거에 이런 말을 들은 적이 있었다.

'레서 데몬이나 브라스 데몬 같은 아마족은 자의식이 약한 동물 등에 정신세계에서 온 하급 마족을 빙의시켜 그 육체와 능력을 변모시킨 것이다.'

그것은 다시 말해 자의식이 강한 인간에게는 하급 마족을 빙의시켜 데몬화시킬 수 없다는 뜻이다.

그러나….

하급 마족이 아니라 보다 강력한 마족을 빙의시키면 어떻게 될까?

지금 우리들의 눈앞에서 벌어지고 있는 일이 바로 그 대답이 아닐까?

대형 드래곤 정도는 될 듯한 검고 거대한 살덩어리에 그것을 지탱하는 거미발 비슷한 납작한 다리가 열 개 달려 있었다.

우오오오오오오오오오옹!

분노 때문인지, 원한 때문인지 알 수 없는 절규를 달밤에 퍼뜨리며 하이퍼 데몬이라고 불러야 할 그것은 움직이기 시작했다.

그가 향하는 곳은….

베젤드 마을.

"야단났어! 저 녀석, 마을로 갈 생각이야!"

"보면 알아! 막으러 가자!"

루크의 말에 핀잔을 날리는 나.

그것이 대체 어느 정도의 힘을 가지고 있는지는 알 수 없지만 레서 데몬이나 브라스 데몬을 훨씬 뛰어넘는 능력을 가지고 있다는 것은 상상하기 어렵지 않다.

그런 것이 마을에서 날뛰기라도 한다면….

드래곤 수준의 크기라는 것부터 이미 마을에 주둔 중인 병사들의 검이나 창 같은 평범한 무기가 통하지 않는다는 것은 명백하다.

그렇다면 방법은 하나!

녀석이 마을에 도착하기 전에 일격으로 해치운다!

그렇게 정해졌으면 당장 실행!

나는 주문을 외우기 시작했다.

──황혼보다 어두운 자여

　피의 흐름보다 붉은 자여

시간의 흐름에 파묻힌

위대한 그대의 이름으로

나 여기서 어둠에 맹세한다

우리들의 앞을 가로막는

모든 어리석은 자들에게

나와 그대가 힘을 합쳐

동등한 멸망을 가져다줄 것을

"그건…?!"

내 주문을 듣고 경악해서 비명을 지르는 미리나.

그렇다.

이것이 바로 이 세계의 모든 마를 다스리는 루비 아이(붉은 눈의 마왕) 샤브라니구두의 힘을 빌린 공격주문….

"드래곤 슬레이브!"

콰아아아아아아아앙!

힘 있는 말에 응답해서 붉은 빛이 하이퍼 데몬을 향해 집결되어 대폭발을 일으켰다!

이윽고 연기가 걷힌 그곳에는….

"아직 서 있어!"

루크의 외침대로였다. 내가 쏜 드래곤 슬레이브를 제대로 얻어

맞은 하이퍼 데몬이 술법을 맞은 그 자리에 멈춰 서 있었다.

그러나.

"대미지는 있었던 모양이야."

루크와는 대조적으로 미리나가 차분한 어조로 말했다.

그랬다.

가루가 되어 날아간 정도는 아니었다고 해도 하이퍼 데몬 본체의 살덩어리 같은 부분이 방금 그 일격으로 크게 푹 파인 상태였다.

마족으로서의 부분이 드래곤 슬레이브의 위력을 다소 억누르긴 했지만 무효화하지는 못했다고 할까?

지금은 아직 간신히 살아 있는 모양이지만 그렇다면 움직이지 않을 때까지 드래곤 슬레이브를 두 발, 세 발 퍼부으면 되는 일.

그렇다면 당장 드래곤 슬레이브 2탄을….

그렇게 내가 주문을 외우려 한 바로 그 순간.

하이퍼 데몬이 흐느적 움직였다.

오? 혹시 힘이 다한 건가?

한순간 그렇게 생각했지만….

얼마나 경솔한 생각이었는지는 곧 알 수 있었다.

하이퍼 데몬이 작게 몸을 떨듯 운신한 그 순간.

내 드래곤 슬레이브로 푹 파였던 살이 순식간에 부풀어 올랐다!

"아닛?!"

나는 무심코 자신의 눈을 비볐고….

다시 눈을 떴을 때엔 하이퍼 데몬의 상처는 이미 완전히 아문 뒤였다.

"말도 안 돼…."

루크의 중얼거림이 바람 속에 흘렀다.

다른 사람들도 그저 멍하니 그 광경을 지켜보고 있었다.

폭발로 푹 파여 분화구처럼 변했던 부분이 말 그대로 눈 깜짝할 사이에 너무나 쉽게 회복되었던 것이다.

회복 능력의 대명사처럼 일컬어지는 트롤이라 해도, 단언하건 대 이 정도로 말도 안 되는 능력은 없다.

하이퍼 데몬은 잠시 그 자리에 멈춰 선 후, 마치 내 공격 따윈 받 은 적이 없었다는 듯 다시 베젤드 마을을 향해 전진하기 시작했 다.

"어… 어떻게 하지…?"

뺨을 긁적거리며 묻는 가우리에게 나는 난처한 표정으로 말했 다.

"어… 어떻게 하긴….

어떡하지…?"

─지금까지도 드래곤 슬레이브 한 방에 쓰러지지 않는 상대를 만난 적은 있었다.

술법을 막아낸 상대도 있었다.

그러나….

대미지를 입긴 하지만 바로 회복하고 마는….

이런 상대는 처음이다.

분명히 말해서 반칙이야, 이건….

아니, 그전에 대체 무슨 원리로 그런 현상이 가능한 거지?

꽤 강력한 고위 마족조차 드래곤 슬레이브를 정통으로 얻어맞으면 최소한 대미지는 입었고, 그 대미지가 바로 회복되는 일은 있을 수 없었다.

그 있을 수 없는 일을 눈앞의 하이퍼 데몬은 너무나 쉽게 해버린 것이다.

그런 가운데 가장 먼저 제정신을 차린 사람은 미리나였다.

"고민은 나중에 해. 최소한 발이라도 묶어놓자."

말하고 다시 달리기 시작하자 한발 늦게 루크가 그 뒤를 따랐다.

"가우리! 우리들도!"

"응!"

이리하여 네 사람은 다시….

네 사람…?

아아앗?! 그러고 보니 자인이 없다!

그야 뭐, 그 녀석의 입장에선 어디까지나 검을 손에 넣는 것이 임무이니 우리들을 도와 하이퍼 데몬과 싸울 이유 따윈 없겠지만….

뭐, 좋다…. 어차피 나도 함께 싸워줄 거라곤 기대하지 않았으니….

어쨌거나 지금은 미리나의 말대로 잠깐이라도 녀석의 발을 묶고 그 틈에 어떻게든 대항책을 찾는 것이 우선.

우리 네 사람은 거대한 그림자를 뒤쫓아 달려갔다.

"간다!"

가우리가 질주했다! 데몬의 발을 향해!

"하앗!"

촤악!

은색 칼날이 달빛을 받아 어둠 속에 빛의 포물선을 그렸다.

그 일격은 한아름은 될 듯한 하이퍼 데몬의 다리 하나를 대각선으로 두 동강 냈다.

절단면을 따라 다리가 한순간 주르륵 엇갈린다.

잘라낸 건가?!

그러나 한순간의 기대도 허망하게, 잘린 부분의 양쪽에서 촉수 같은 것이 흐느적흐느적 나오더니 위아래를 이어서 눈 깜짝할 사이에 원상복귀!

가까이에서 보니 꽤 기분 나쁘다… 이 회복 절차….

아까 드래곤 슬레이브를 맞은 후의 회복을 가까이에서 보지 않은 게 다행일지도 모르겠다.

하이퍼 데몬은 자신의 다리가 한순간 두 동강 났다는 것은 눈치채지도 못한 듯 변함없는 속도로 걸어갔다.

이래선 발을 묶어두는 것도 여의치 않다.

"틀렸어! 베이기는 하는데…!"

하이퍼 데몬에게서 크게 뒤로 물러서며 가우리는 절망적인 어조로 말했다.

"내 검이라면!"

대신 돌진하는 루크! 검이 빛나더니 바람을 만들어서 하이퍼 데몬의 다리를 베어낸다!

…….

"역시 안 돼."

머리를 긁적이며 어색한 미소로 말하는 루크.

…………이 녀석은………….

"프리즈 애로!"

미리나가 쏜 얼음 화살이 데몬의 다리 전체에 명중했지만 이것은 애당초 듣는 낌새도 없었다.

아마 다리 전부를 동시에 없애면 발을 묶어놓을 수 있으리라 생각한 거겠지만….

역시 이 정도의 정령마법으로는 소용이 없나?

다음은 나!

"제라스 브리드!"

내가 만든 빛의 띠는 하이퍼 데몬의 다리 두 개를 베어내고 소멸.

다리는 곧 완전 부활. 으음, 이것도 발을 묶어놓지 못한다.

드래곤 슬레이브로 다리를 전부 날려버리면 조금은 시간을 벌

수 있을지 모르지만 정말로 시간을 약간 버는 것 이상의 의미는 없다.

큰 기술을 연타해서 재생할 틈을 주지 않고 소멸시킬 수 있다면 좋겠지만 유감스럽게도 주문을 외우는 시간보다 적이 재생하는 시간이 더 빠르다.

물론 나는 드래곤 슬레이브보다 파괴력이 큰 주문을 하나 가지고 있긴 하지만… 아무리 그래도 그것만은 쓰고 싶지 않은데….

아… 잠깐….

"다들! 큰 거 하나 날릴게! 물러나 있어!"

말하고 나서 나는 주문을 외우기 시작했다.

탤리스먼의 힘을 빌린 증폭 드래곤 슬레이브!

대체 어느 정도의 위력이 있는지 실은 나도 모르지만, 잘하면 하이퍼 데몬을 일격에 가루로 만들 수 있을지도 모른다!

나는 긴 주문을 외우고….

"드래곤 슬레이브!"

콰아아아아아아아아아앙!

아까보다 강렬한 폭발이 밤공기를 뒤흔들었다.

이윽고 폭발이 진정되고….

"아까보다 효과가 있어!"

그 안에서 모습을 드러낸 하이퍼 데몬의 모습에 나는 무심코 소리를 질렀다.

평범한 슬레이브로는 거대한 본체에 분화구를 뚫는 정도였지만 방금 일격은 한 방에 완전 소멸까지는 아니더라도 남아 있는 부분이 더 작을 만큼 하이퍼 데몬의 본체를 날려버리….

아, 재생했다.

"말도 안 돼!"

머리를 감싸는 나.

그 상황에서 한순간에 부활한다는 게 말이 돼?!

그나저나… 저 기분 나쁜 부활 및 재생 과정은 어디선가 본 것 같기도 한데….

그렇게 고민하고 있는 사이에도 하이퍼 데몬은 시시각각으로 베젤드 마을을 향해 나아간다.

그때.

한순간 하늘이 파앗 밝아졌다.

베젤드 마을 방향이다.

반사적으로 그쪽으로 눈길을 돌리자 베젤드 마을의 한쪽 끝에 밝혀진 무수한 작은 불빛.

한순간의 사이를 두고….

그것들은 일제히 하이퍼 데몬을 향해 날아왔다!

"플레어 애로?!"

무심코 나는 소리를 질렀다.

그랬다. 그것은 그야말로 몇 백 몇 천을 헤아리는 숫자의 플레어 애로였다!

콰과과과과과과과!

폭음과 함께 무수한 불꽃이 하이퍼 데몬에게 박혔다!

"그래! 베젤드 경비대야!"

가우리가 그 광경을 보고 소리를 질렀다.

그랬다.

베젤드 마을에는 지금 경비병들과 마법사들이 상당수 있었던 것이다.

산에서는 거대한 것이 나왔지, 누군가는 드래곤 슬레이브를 연발하지, 이만큼 소란을 피웠으니 그 경비대가 눈치를 못 챌 리가 없다.

마법사들을 불러 모아 마을로 접근하는 정체불명의 거대한 물체에 일단 플레어 애로를 날린 것이리라.

하지만 당연히 그런 술법이 통할 리 만무했다. 하이퍼 데몬은 변함없는 발걸음으로 마을 쪽으로 나아갔다.

베젤드 마을에선 끊임없이 여러 가지 공격주문이 날아왔지만 어느 것은 전혀 통하지 않았고, 어느 것은 상처를 입히긴 했지만 그 부위도 금방 재생 및 부활했다.

해치울 수 있는 방법이 있기는 한 건가?! 이 녀석?!

하이퍼 데몬은 이미 베젤드 마을 바로 앞까지 접근한 상태였다.

무수한 비명과 혼란이 밤의 마을을 지배하고 있었다.

마법사들은 있는 대로 주문을 계속 퍼부었지만 하이퍼 데몬에겐 거의 통하지 않았다.

그리고 저런 것을 상대로 평범한 병사들이 손을 쓸 수 있을 리가 만무하다.

경비병과 마법사로는 대항할 수 없는 상대라는 것을 깨닫자 마을 주민들은 완전히 혼란 상태에 빠졌다.

대피 명령이라도 내려졌는지 여기저기서 병사들이 무언가 외치고 있었지만 그 목소리도 마을 사람들의 비명 속에 파묻히고 말았다.

우리들이 비행 술법으로 하이퍼 데몬을 앞질러 베젤드에 도착했을 때….

마을은 그러한 상황이었다.

그리고… 앞질러 온 것까진 좋지만….

실제로 손을 쓸 방도가 없다는 것이 현실이었다.

여기서 드래곤 슬레이브를 날린다 해도 좀 전과 마찬가지 결과가 될 건 뻔하다.

―무언가 분명 해치울 방법이 있을 텐데… 어떤 방법인지 알 수 없었다.

무언가가… 무언가가 아까부터 계속 마음에 걸리는데….

그렇게 고민하고 있는 틈에도 물론 하이퍼 데몬의 발걸음은 멈추지 않았다.

마을 끝에 늘어선 마법사들의 대열이 무너졌다.

검은 거체가 바로 눈앞까지 육박했던 것이다.

하이퍼 데몬은 지금까지 공격을 전혀 하지는 않았지만 그렇다고 그 압박감이 만들어내는 공포가 누그러질 리 없었다.

"물러서지 마라! 공격주문을 퍼부어! 분명 효과가 있다!"

도망치려고 하는 마법사들에게 전혀 설득력 없는 격려를 날리는 대장급 경비병.

그러나 그때.

휘익.

"크악!"

무언가가 바람을 가르는 소리와 함께 그 대장이 비명을 질렀다!

한순간 주문 소리마저 끊기고 주위의 공기가 얼어붙었다.

검고 긴 갈고리가 달린 촉수.

하이퍼 데몬의 살덩어리에서 뻗어 나온 그것이 갑옷째로 대장의 가슴을 꿰뚫은 것이다.

움찔.

그의 몸이 크게 떨렸다.

그 얼굴에서 핏기가 가시고 점점 뺨이 야위어갔다.

움찔.

피부가 말라붙고 머리카락이 푸스스 빠지더니….

아직 젊었던 그 대장은 우리들의 눈앞에서 순식간에 미라 같은 모습으로 변하고 말았다.

그렇다. 마치 촉수에 생기를 흡수당한 것처럼.

"에르메키아…!"

근처에 있던 마법사 한 명이 그 촉수를 향해 술법을 쏘려고 한 순간.

슈욱!

대체 어느 틈에 뻗어 나왔는지 갈고리가 달려 있지 않은 다른 촉수가 그 마법사의 몸을 휘감았다!

아니, 그 마법사뿐만이 아니다.

동시에 뻗어 나온 수십 개의 촉수가 근처에 있던 병사와 마법사를 잇달아 휘감았다.

촉수라도 해도 어린애 손목 정도의 굵기이다. 그곳에서 만들어진 힘은 척 보면 알 수 있다.

촉수는 붙잡은 상대를 끌어당기듯 하며 본체의 살덩어리에 밀어붙였다.

그 순간.

촤악.

살덩어리가 술렁거리더니 기괴한 뱀 모양의 촉수가 여러 개 뻗어 나와 마법사와 병사들을 덮쳤다!

절규가… 비명이 주위에 울려 퍼졌다.

너무나 무시무시한 광경에 드디어 참을 수 없어졌는지 주위에 있던 마법사들도 부리나케 도망치기 시작했다.

그리고 나는….

"생각… 났어…!"

눈앞에서 펼쳐진 그 광경을 보고 무심코 소리를 질렀다.

그랬다.

나는 전에 딱 한 번 이것과 비슷한 인상을 가진 것을 본 적이 있었다.

과거에 가우리와 함께 들렀던 아트라스라는 이름의 도시에서.

라우그누트 루사부나[屍肉呪法].

마족만이 가능한 주법으로, 끔찍한 불사의 생명을 인간에게 부여하는 술법.

이것을 당한 인간은 몸이 살덩어리로 변해 죽지도 못하고 무한한 고통을 계속 맛보게 된다.

원래대로 되돌리는 방법 따윈 없고 죽음이 유일한 해방이라고 하는, 말 그대로 사술(邪術) 중의 사술.

게다가 통상적인 방법으로는 죽이는 것조차 불가능하다고 한다.

방법은 오직 하나. 다시 말해… 술법을 건 마족을 해치우는 것.

이 녀석이 그 라우그누트 루사부나에 의해 만들어진 거라고 생각하면 그 이상할 정도의 재생 능력도 납득이 간다.

그렇다면 이 녀석을 해치우는 방법은 창조주인 마족을 해치우는 것뿐인데….

마을에 울려 퍼지는 비명이 한층 더 커졌다.

사람들의 저항도 허망하게, 마침내 하이퍼 데몬은 베젤드 마을에 도착했다!

마을로 들어간 데몬은 드디어 그 맹위를 떨치기 시작했다.

본체에서 뻗어 나온 무수한 촉수가 사람들을 무차별적으로 휘감아서 본체로 끌어당겨 삼켜버렸다.

공격력 자체는 그리 압도적이지 않지만 문제는 그 방어 및 재생 능력이다.

실제로 우리들도 그동안 공격은 계속 하고 있었지만….

"블래스트 애시[黑妖陣]!"

촤악!

내가 쏜 일격이 하이퍼 데몬의 몸에서 뻗어 나온 촉수의 중간 부분을 검은 먼지로 만들었다.

그러나 중간에서 끊긴 촉수 양쪽에서 좀 더 가느다란 촉수가 나와 서로 달라붙더니 원래대로의 촉수로 부활했다.

이런 말단 부분에도 이 정도의 재생 능력이 있는 건가?!

아무리 공격을 가해도 전혀라고 해도 좋을 만큼 성과가 없었다.

게다가 상대가 마을에 들어온 탓에 드래곤 슬레이브 같은 큰 기술은 이제 쓸 수 없다.

뭐… 쓴다고 해도 어떻게 하지 못한다는 것은 이미 실증되긴 했지만.

"어떻게 안 되겠어?! 리나?!"

"어… 어떻게… 라니…."

묻는 가우리에게 나는 난처한 얼굴로 말했다.

어떻게 할 수 있는 상대라면 벌써 어떻게 했을 것이다.

단순히 라우그누트 루사부나 주법을 당한 인간이라면 이렇게 거대화해 날뛰는 일은 없을 테고, 단순한 마족이라면 이렇게까지 말도 안 되는 회복력은 가지지 못한다.

문제는 이 녀석이 그것의 합성물이라는 점이다.

…….

아… 잠깐만….

"다들! 엄호 좀 부탁해!"

나는 주문을 외우면서 하이퍼 데몬을 향해 돌진했다!

"이봐! 잠깐! 리나?! 원 참…."

"엄호라고?! 어떻게 할 생각인데?!"

내 움직임을 눈치챈 건지, 아니면 단순한 반사 작용인지 촉수 여러 개가 나를 휘감기 위해 내 쪽으로 뻗어왔다.

내 주문은 아직 미완성! 하지만!

"룬 플레이어[炎靈滅鬼衝]!"

미리나가 쏜 빛의 창이 촉수 하나를 잘라냈다.

"하앗!"

그리고 가우리와 루크의 검 공격.

한순간 촉수의 움직임이 멈춘 틈에 나는 계속 돌진했다.

"리나! 너무 앞으로 나갔어!"

가우리의 말은 일단 무시!

자! 내 상상이 맞았을지, 틀렸을지!

나를 뒤쫓아 촉수가 꿈틀거렸다. 그러나 촉수 두세 개가 어중간한 움직임을 하는 것 정도론 나를 붙잡을 수 없다.

그때 다른 두 개의 촉수가 더 쫓아왔다.

이까짓 것!

나는 직전에 몸을 틀어 피했다.

그러나 그 순간!

?!

쿵! 무언가가 발목에 걸렸다.

몰래 다가온 것인지, 아니면 처음부터 그곳에 있었는지 땅에 있던 촉수 하나가 발목에 걸린 것이다.

순간 밸런스가 무너져 비틀거린 나.

그 순간을 놓치지 않고….

슈욱!

촉수 하나가 내 왼팔에 휘감겼다!

"리나!"

촤악!

가우리의 일격이 팔에 휘감겨 있던 촉수를 베어냈다.

촉수는 곧 재생되었지만 한순간 힘이 풀린 틈에 나는 그것을 떨쳐냈다!

"뭐하는 거야?! 리나!"

가우리의 질문에도 지금은 대답할 수 없었다. 그렇게 했다간 모처럼 외운 주문이 허사가 되고 마니까.

다 외우기는 했지만 발동시키기엔 아직 이르다!

우리들을 향해 다가오는 촉수의 숫자는 조금씩이긴 하지만 점점 늘어났다.

가우리의 칼 엄호와 뒤에서 날아오는 미리나의 주문 엄호가 있긴 하지만 계속 피하는 것도 슬슬 한계였다.

그러나….

휘익!

꿈틀거리는 촉수 사이로 무언가가 내 쪽으로 움직였다!

왔다!

나는 이때를 기다리고 있었다! 이미 다 외운 술법을 나는 지금 발동시켰다!

"라그나 블레이드!"

부웅!

허무의 힘을 빌려 내가 양손에 만들어낸 어둠의 칼날이 명중했다!

구오오오오오오옹!

공간의 삐걱거림인지 아니면 분노의 목소리인지.

엄청난 소리가 바람을 진동시켰다.

그리고….

내가 후려친 어둠의 칼날은 하이퍼 데몬에서 뻗어 나온 촉수 하나….

그 끝에 있는 검은 갈고리와 맞물려 있었다!

아닛?!

나는 무심코 눈을 크게 떴다.

이 어둠의 칼날은 어지간한… 아니, 꽤 높은 수준의 마족조차도 숭덩숭덩 베어낼 수 있을 정도의 위력이 있다.

그것을 하이퍼 데몬의 검은 갈고리가 막아낸 것이다.

아니, 정확히 말하면.

내 허무의 칼날은 검은 갈고리를 계속 파고들고 있기는 했다.

그러나 바로 옆에서 갈고리가 재생되고 있는 것이다.

이래선 끝이 없다!

조바심이 내 마음속에 생겨났다.

지금 상태에서 술법의 힘을 높이는 것은 불가능.

게다가 라그나 블레이드는 파괴력이 크긴 해도 마력 소모량이 장난이 아니다.

그렇다면 이 상태가 잠시 동안 계속되면 어떻게 될지….

언젠가 어둠의 검이 사라지고 갈고리가….

불길한 결말을 내가 상상하고 있을 때.

"루비 아이 블레이드[魔王劍]!"

루크의 목소리와 동시에 시야 한구석에서 빛이 만들어졌다.

붉은… 빛의 검이.

어?!

촤악!

내 어둠의 칼날과 옆에서 후려친 붉은 칼날이 하이퍼 데몬의 검은 갈고리를 양쪽에서 베어냈다!

양쪽에서 가해진 압력을 갈고리가 버텨낸 것은 겨우 한순간이었다.

키이이잉!

거북한 소리를 내며 검은색 갈고리가 부러졌다.

쿠오오오오오오오오오오오오오오오!

하이퍼 데몬의 절규가 울려 퍼졌다.

"아니…?! 데몬이…!"

"무너진다?!"

가우리와 루크가 경악해서 소리를 질렀다,

그랬다.

드래곤 슬레이브를 맞고서도 재생하던 하이퍼 데몬의 거체가 지금 우리들의 눈앞에서 서서히 붕괴하고 있었다.

힘없이 꿈틀대던 촉수의 무리는 이윽고 대지에 축 늘어져서 마른 흙으로 변해 무너져 내렸다.

거체를 떠받치고 있던 다리는 부러졌고, 땅울림을 내며 대지에 쓰러진 충격으로 본체 역시 촉수 및 다리와 마찬가지로 최후를 맞이했다.

그 뒤에 남은 것은 성대하게 일어난 흙먼지와 당황하는 마을 사람들의 수런거림.

"저기, 리나, 결국 뭐가 어떻게 된 거였지?"

가우리가 나에게 그렇게 물은 건 하이퍼 데몬의 몸이 원형도 남지 않고 무너진 뒤였다.

말없이 내 쪽을 바라보는 루크와 미리나. 두 사람의 표정에도 같은 의문이 떠올라 있었다.

음… 어디서부터 어떻게 설명한다…?

"대충 상상은 했겠지만 방금 그 거대한 녀석은 가르바라는 검은 옷이 변한 모습이었어. 마족의 주법으로 말야."

잠시 생각한 뒤 나는 말했다.

"그것도 단순히 주법에만 걸린 게 아니라 거기에 마족이 빙의되어 있었어.

그래서 그러한 재생 능력과 내마(耐魔) 능력을 가지고 있었던 거지.

놈을 해치우는 방법은 오직 하나,

주법을 건 마족을 해치우는 것뿐.

그럼 그 마족은 어디에 있을까 생각해보니…

이런 생각이 드는 거야. 빙의해 있는 마족과 같은 게 아닐까 하고."

"무슨 근거로…?"

수상쩍다는 듯 묻는 루크.

"솔직히 말하면 그 검이 검은 옷이 데몬화된 원인이라 생각해서야.

그 상황으로 보건대 말이지.

그리고 검은 옷에게 주법을 건 것과 동화된 마족, 그리고 그 검은 옷이 전부 등호로 연결되는 것이 아닐까 생각했어."

"검이… 마족이었다고…?"

미간을 좁히며 중얼거리는 루크에게 나는 고개를 끄덕였다.

"순수한 마족은 애당초 정신체니까 어느 정도 자신이 원하는 모습을 취할 수 있어.

실제로 지금까지 나와 가우리는 여러 가지 모습의 순마족과 싸워오기도 했고, 그중에는 붉은 공과 회색 공 두 개가 합쳐져서 한 마리인 터무니없는 것도 있었지.

그렇다면 보물에 눈이 먼 인간을 유인하기 위해 검의 모습을 한 마족이 있다고 해도 이상할 게 없어."

루크 일행에겐 말하지 않았지만, 실제로 가우리가 전에 가지고 있던 빛의 검도 다른 세계의 고위 마족이었다고 한다.

"그래서,

그렇게 생각하고 그 거대한 녀석을 보았더니 한 가지 사실이 떠오르는 거야.

수많은 촉수 중에 갈고리가 달린 게 하나뿐이라는 것.

그래서 생각했지.

그게 동화된 데몬의 핵이 아닐까 하고."

"그리고… 그 생각대로였다는 거군."

루크의 질문에 나는 고개를 끄덕였다.

"그래. 예상이 빗나갔다면 냉큼 도망칠 생각이었지만.

어쨌거나 그렇게 된 거야. 알겠어? 가우리?"

"아니, 전혀."

이봐….

"하지만 해치웠으니까 된 거 아냐?"

그렇게 생각하면 처음부터 설명을 부탁하지 마….

나는 겨우 마음을 추스르고 루크에게 말했다.

"하지만 너 제법이던데?

루비 아이의 힘을 빌려 주력(呪力)을 붉은 검으로 만들다니….

처음 봤어, 그런 술법."

"그래. 나도 본 건 처음이야."

그 목소리는 조금 떨어진 곳에서 들려왔다.

"?!"

우리 네 사람은 동시에 그쪽을 돌아보았다.

전에는 하이퍼 데몬의 육체였던 흙더미 속에 흰 손이 파고들었다. 손이 빠져 나왔을 때 그 손에는 부러진 검의 자루 부분만이 들려 있었다.

"너?!"

루크가 분노의 목소리를 냈다.

"그래, 그래. 수고했어♡ 뭐, 이걸로 리나 인버스를 해치울 수 있을 거라곤 생각하지 않았지만.

루크 씨도 꽤나 잘 싸워서 조금 놀랐어."

칼자루를 한 손으로 가지고 놀면서 쉐라는 싱긋 미소 지었다.

지금은 여느 때의 마을 소녀풍 옷이 아니라 신관복을 움직이기 쉽도록 개조한 듯한 차림이었다.

하지만 색깔은 칠흑색.

장식인지, 아니면 내가 모르는 문자인지, 옷 곳곳에는 은색 자수가 놓여 있었다.

"전부… 네 소행이구나….

검도, 데몬 발생 사건도."

"뭐, 그런 셈이야."

내 질문에 쉐라는 오히려 생글거리며 대답했다.

"검의 소문을 흘린 것도 나였어.

그렌이라는 흐리멍덩한 아저씨가 꽤 편리했지♡

나를 딸처럼 여기게 한 후 그곳을 거점으로 이것저것 활동할 수 있었고,

검에 대한 소문을 퍼뜨리게 할 수도 있었으니까."

"그렇구나….

그래서 생활비가 필요 없었던 거야….

하지만 아무도 흐리멍덩한 아저씨의 이야기 따윈 믿지 않았지.

조바심이 난 너는 여기저기에 데몬을 대량으로 발생시켰어…."

"정답이야.

그래서 이곳저곳에 여러 가지 소문을 흩뿌렸어.

설마 리나 인버스, 네가 끼어들 거라곤 생각하지 않았지만."

"이봐… 너… 저 쉐라의 정체를 알고 있어?"

"뭐… 대충은 상상이 돼…."

묻는 루크에게 대답하는 나.

"됐어, 리나 씨. 자기소개를 할 테니까."

쉐라는 내 말을 가로막고 얄밉게 인사를 한 번 꾸벅 했다.

"리나 씨가 상상하고 있는 대로…

본명은 이미 밝힌 것처럼 쉐라, 출신은 카타트 산맥."

쉐라의 입가에 떠오른 미소가 더욱 깊어졌다.

"겉모습만으론 알 수 없을 거라고 생각하지만 이래 봬도 엄연한 마족이야."

""뭐?!""

과연 그 말에는 놀랐는지 동시에 소리를 지르는 루크와 미리나.

"그래서? 결국 뭐였지? 네 목적은?

우리들을 흩어놓아 한 명씩 검이 있는 곳으로 데려가고 싶었던 모양인데….

밤중에 여관을 빠져나와 어슬렁거렸던 것도, 일부러 검은 옷들에게 붙잡힌 것도 모두 우리들과 검은 옷을 갈라놓기 위한 술책이었구나.

꽤 계산이 엉성했지만."

"우… 시끄러워! 너희들이 그렇게 일찍 산으로 올 줄은 생각 못 했을 뿐이야."

"그 데몬을 만드는 게 목적은 아닌 것 같은데.

이야기의 흐름으로 볼 때 계속 들통이 나자 그것을 감추기 위해 검은 옷을 데몬화시켜 폭주시킨 거지?"

"시끄럽다니깐!"

발끈하는 모습을 보니 아무래도 정곡을 찌른 것 같다.

무계획적이라고 해야 할지, 성미가 급하다고 해야 할지….

"뭐, 무슨 꿍꿍이가 있었는지는 모르지만 검이 부러진 이상, 그 것도 물거품이 되었구나."

내가 어깨를 으쓱하고 말하자 쉐라는 작게 미소를 머금고 말했다.

"그렇게 생각해?

하지만 이 검은…

내가 만들어낸 마족인 동시에 나를 위한 무기이기도 해.

그래서…."

부러진 검의 자루를 가볍게 흔들어 보인 순간.

부러진 부분에서 검은 칼날이 뻗어 나와 재생되었다!

"아닛?!"

무심코 소리를 지르는 우리들.

"이렇게도 할 수 있다고."

말하고 나서 척 취한 자세에는 빈틈이 없었다.

하지만….

라우그누트 루사부나의 힘을 빌렸다고는 해도 내 라그나 블레이드를 막아낼 수 있을 정도의 힘을 가진 마족을 만들어내고 순식간에 재생시킬 수 있다면….

"쉐라, 너도 단순한 마족은 아닌 것 같구나…."

내 질문을 받자 그녀는 만면에 미소를 머금었다.

"그래.

너한테는 이렇게 밝히는 편이 좋으려나?

패왕장군 쉐라라고."

"뭐?!"

그녀의 말에 나는 말문이 막혔다.

패왕장군이라고…?!

"뭐야? 그게?"

"이 세상의 마족을 다스리는 루비 아이 샤브라니구두,

그 5인의 심복 중 한 명인 다이나스트(패왕)가 거느린 고위 마족이야…."

루크의 질문에 나는 말을 쥐어짜 냈다.

과거에 나는 다이나스트(패왕)와 동격인 카오스 드래곤(마룡왕)의 용신관과 용장군, 그리고 그레이터 비스트(수왕)의 수신관 같은 녀석들을 본 적이 있었는데….

솔직히 말해서 장난이 아니게 강했다.

쉐라가 그와 동격인 패왕장군이라면… 아무리 4대1이라고 해도 승산이 있을 것으론 생각되지 않는다.

그러나 비록 여기서 도망친다고 해도 따돌릴 수 있는 상대는 결코 아니다.

그렇다면! 그쪽에서 물러나게 하는 수밖에!

"용서 못 해."

나는 쉐라를 척! 가리키며 대놓고 그렇게 말했다.

"헤에…

용서 못 한다고…?

널 속인 거 말야? 아니면 이런 작은 마을을 부순 거?

─설마 그 검은 옷을 데몬화시킨 걸 용서 못 한다는 무른 소리를 할 생각은 아니겠지?"

자신의 우위를 확신하고 있는지 여유작작한 미소를 머금고 말하는 그녀에게 나는 전혀 동요하지 않았다.

"틀렸어.

내가 용서하지 못하는 건…

다이나스트(패왕) 그라우쉐라의 부하 이름이 쉐라라니! 그 안이한 네이밍 센스를 용서 못 한다는 거야!"

우두두두두둑!

내 말에 쉐라의 얼굴이 완전히 굳어졌다.

"으…?! 아…! 그… 그렇지 않아!

이 이름은 다이나스트(패왕) 님이 직접 내려주신 거라고! 부…분명 유서 깊은 무언가가 있을 게 틀림없어!"

오, 동요하고 있다. 동요하고 있어.

좋아! 거의 다 넘어갔다!

"혹시나 해서 묻겠는데

쉐라, 네 동료나 패왕 신관 중에 '그라우'나 '그로우'라는 이름을 가진 녀석이 있는 건 아니겠지?"

움찔.

내 질문에 완전히 얼어붙은 그녀.

이봐… 정말로 있는 거야? 혹시…?

다이나스트(패왕)는 대체….

"어… 어쨌거나!

인… 인간에겐 안이한 네이밍으로 들릴지 몰라도! 다이나스트(패왕) 님에겐 분명 깊은 생각이 있었을 거야!

아마도…."

"과연 그럴까?

다이나스트(패왕) 본인에게 직접 물어보지그래?

어쩌면 웃으면서 '흠, 아무것도 안 떠오르기에 적당한 이름을 붙였다. 하하하하하' 하는 대답이 돌아오는 것 아냐?"

"그… 그럴 리 없어! 분명히 유서 깊은 이름일 거라고!"

"근거는?"

"………………!"

쉐라는 정말로 분한 듯 으득 어금니를 악물더니 검 끝으로 나를 가리켰다.

"좋아! 두고 보라고! 오늘은 여기서 물러나겠지만 다음에 만날 때까진 반드시 내 이름의 유래를 듣고 올 테니까!"

전혀 위협적으로 들리지 않는 대사를 내뱉고 쉐라는 어둠 속으로 후욱 녹아 사라졌다.

후우… 겨우 갔네….

"훗, 정신체인 순마족답게 심리적 동요에는 약한 모양이구나……."

"그런 거야? 마족은…."

내 중얼거림에 루크는 도끼눈으로 핀잔을 주었다.

에필로그

"그럼 잘 지내."

나와 가우리 두 사람과 루크와 미리나 두 사람이 작별 인사를 나눈 것은 그다음 날이었다.

"결국 다들 헛걸음이었구나."

말하고 나서 쓴웃음을 머금은 루크.

"하지만 말해두지.

만약 또 어딘가에서 보물을 놓고 너희들과 싸워야 할 일이 생긴다면 그땐 안 봐줘."

"알고 있어."

"뭐… 어쨌거나 너희들도 잘 지내."

"너도 미리나의 미움을 살 짓은 좀 하지 말고."

"시… 시끄럿!"

내 말에 루크는 완전히 얼굴을 붉히고 우리에게 빙글 등을 돌렸다.

"어… 어쨌거나…

그럼 잘 지내라고! 가자, 미리나!"

"그럼…."

그녀는 작게 미소 짓고 루크를 따라 걷기 시작했다.

"후우… 하지만 겨우 일단락되었군."

가우리가 속 편한 말을 토해낸 것은 큰길 반대쪽으로 간 두 사람의 모습이 꽤 작아졌을 무렵이었다.

후우우우우우우….

나는 깊은 한숨을 한 번 토해냈다.

"너 말야… 가우리….

그럼 묻겠는데 대체 뭐가 일단락되었다는 거야?"

"뭐…?"

가우리는 먼 곳을 바라보며 잠시 무언가 생각하더니 말했다.

"그러고 보니… 특별히 아무것도 해결되지 않은 것 같다는 생각이…."

"그래!

분명 거대한 데몬은 격퇴했고 쉐라는 내 말에 동요해서 어딘가로 가버리긴 했어.

하지만…

그 검은 옷들이 누구인지는 알지 못하고 끝났어.

그 자인인지 하는 녀석은 어느 틈엔가 어딘가로 사라져버렸고 …

결국 검도 손에 넣지 못했고 말야.

그리고 무엇보다 마음에 걸리는 건.

쉐라의 목적이 무엇이었느냐 하는 거야.

지능 수준과 성격은 둘째치더라도 여하튼 패왕장군이라는 녀석이 움직이기 시작했어.

지금까지는 인간 소녀인 척, 눈에 안 띄게 활동했던 녀석이 말야.

그건 아마 헬마스터(명왕)라는, 마족에게 있어서 큰 힘이 사라진 게 계기가 아닐까 싶어."

"호오."

호오… 가 아니라니까….

아직 모르는구나, 이 녀석….

대체 무슨 일이 일어나고 있는지.

구체적으로 뭐가 일어나고 있느냐고 묻는다면 물론 나도 대답할 방법은 없다.

아무튼 단서가 너무 부족하기 때문이다.

그러나 한 가지 분명히 말할 수 있는 건….

헬마스터(명왕)를 잃은 마족이 반격을 획책하고 있다는 것.

잘못하면….

인간과 마족 사이에 전쟁이 일어날지도.

화창하게 갠 하늘을 바라보면서 나는 가슴속에서 그렇게 중얼거렸다.

― 10권에 계속 ―

작가 후기

작 : 매번 돌아오는 신장판!

　　이번 권부터 조금 이야기의 맛이 다른 제2부 개시.

　　…지금 돌이켜 보면 이「베젤드의 요검」을 쓸 땐 참 많은 일이
　　있었지.

L : 헤에, 많은 일?

작 : 음, 반 정도 썼을 때 컴퓨터가 날아가 버렸어.

L : 푸웁?!

　　잠깐… 그럼…!

작 : 그래. 지금으로부터… 꽤 오래 전 일이지.

　　세간은 마침 오○진리교 사건이 일어나 연일 보도가 이어지
　　고 있었어.

　　뉴스에 시선이 꽂혀서 펜을 놀릴 수가 없는 거야. 어쩔 수 없
　　이 담당편집자한테 연락해서 '감금'시켜달라고 했지.

L : 그 소릴 스스로 했다고?

작 : 그래, 내가 했다니까.

　　이게 인생 첫 번째 '감금'이었어.

작가 후기 | 209

L : 감금당하게 되면 역시 담당자가 계속 뒤에 들러붙어서, 가끔씩 시계를 바라보곤 "쳇" 하고 혀를 차고 그러는 거야?

작 : 삭막하긴! 그런 담당자가 어디 있어?! 괴롭히는 거야?

그런 일은 일절 없어!

일주일 동안 방을 빌려주고 "네, 이 방입니다. 그럼 원고 잘 부탁합니다" 하곤 이쪽에 맡긴다고.

L : 엥? TV드라마를 보면 뒤에 담당자가 계속 서서 기다리던데. 그런 게 아니었구나.

실망이야, 감금.

작 : 대체 뭘 기대한 거야…

아마도 작가나 편집자에 따라 방식은 다르겠지만.

담당자도 작가 한 사람만 지켜보고 있을 수 없는 거니까.

작가도 뒤에 사람이 있으면 압박감을 느껴 펜 놀림이 빨라지는 경우도 있겠지만, 반대로 영 신경이 쓰여서 펜을 놀릴 수 없게 되는 사람도 있을 거 아냐.

그런데 오○진리교 보도가 신경 쓰여서 감금에 들어갔는데, 담당자가 빌려준 방이 있는 곳이 오○진리교 지부와 라멘집이 있던 도쿄의 그 지역이었다니까?! …같은 생각을 하며 감금 상태로 지냈는데…

반쯤 썼을 때…

L : 데이터가 날아갔구나….

작 : 날아갔지. 백업도 안 했는데.

L : …우와… 그래서 "이왕 이렇게 된 거 한 권 통째로 후기를 써 버릴까" 라든가?

작 : 그런 생각은 안 하지.

일단 편집부에 연락했는데, 다행히 PC를 잘 다루는 사람이 있어서 데이터를 되살려줬어.

덧붙여 그 사람이 나중에 3번째 담당자가 된 사람이지.

L : 아, 결국 살렸구나.

그럼 이 원고는 그대로 도쿄에서?

작 : 아니.

도중에 때려치우고 오사카로 돌아갔어.

L : 끈기 없긴! 도중에 때려치우고 돌아가면 감금까지 당한 의미가 없잖아!

작 : 훗, 착각하지 마. 어디까지나 '도쿄에서의' 감금을 해제했을 뿐!

혼자 살다 보면 어쩔 수 없이 일주일에 한 번은 우편물을 확인하러 집에 돌아가야 하는데, 도쿄—오사카의 거리면 시간과 체력 손실도 크고 효율도 낮아.

그래서!

오사카에 돌아가서 호텔을 잡고 다시 감금 상태를 개시했지!

L : 그건 자비로?

작 : 음!

물론 경비 처리하긴 했지만 돈은 내가 냈어.

그 호텔에 꽤 재미있는 시스템이 있었는데.

방은 일주일을 잡았는데, 처음 들어갈 때 모든 액수를 지불한 다음 체크아웃할 때 정산하는 방식이었어.

방에 있는 TV의 어떤 채널을 켜면 미리 맡긴 금액과 지금까지 쓴 금액, 그리고 잔액이 표시되는 시스템인 거야!

하룻밤이 지나면 잔액이 줄어들고, 룸서비스를 시켜도 잔액이 줄어!

L : 그거… 위기감 생기겠다….

작 : 숫자가 점점 줄어드는 걸 보며 느끼는 그 쫓기는 심경이란… 말로 표현하기 힘들어.

어쨌든 호텔에서 이 이야기를 다 써내간 다음, 호텔을 1주일 빌릴 돈이면 평범한 방을 한달 빌릴 돈이란 걸 깨달았지.

L : 실제로 집을 빌릴 땐 보증금이니 뭐니 돈이 필요하니, 그 돈으로는 어림도 없지만.

…하지만 이건 장편 제2부의 스타트 이야기에 대한 추억이 아니라, 그냥 감금에 대한 이야기잖아?

작 : 듣고 보니 그렇긴 한데…

이 이야기만 생각하면 그때의 기억을 지울 수가 없어서.

게다가! 독자 여러분이 나중에 감금당하게 되었을 때, 어떻게든 참고가 될지도 모르잖아!

L : 그럴 일 없거든. 평범한 사람은 감금 같은 거 당하지 않아.

만약 소설가라 해도 감금 같은 것 당하지 않아도 스케줄대로 원고를 마감하면 되는 거고.

작 : 쿠엑.

L : 아, 피를 토했다.

작 : …너…, …너…, 방금 그 말로 전국의 소설가, 만화가까지 적
어도 2천 명은 적으로 돌렸어….

L : 감금당하는 사람이 그렇게 많은가….

자자, 망언은 이쯤 하고.

이번 신장판도 조금 있으면 다음권을 출간할 때까지 시간이
걸리게 됩니다만, 그래도 다음 권도 잘 부탁합니다~.

작 : 자, 그럼 이만.

L : 또 만나요~ ♪

후기 : 끝

슬레이어즈 9
베젤드의 요검

1판 1쇄 인쇄	2020년 7월 8일
1판 1쇄 발행	2020년 7월 15일

지은이	Hajime Kanzaka
일러스트	Rui Araizumi
옮긴이	김영종

발행인	정욱
편집인	황민호
본부장	박정훈
마케팅	조안나 이유진 이수정
국제판권	이주은 김준혜

제작	심상운 최택순 성시원
발행처	대원씨아이㈜
주소	서울특별시 용산구 한강대로15길 9-12
전화	(02)2071-2018
팩스	(02)749-2105
등록	제3-563호
등록일자	1992년 5월 11일
ISBN	979-11-362-3778-1 04830

SLAYERS Vol.9: BEZERUDO NO YOKEN
ⓒHajime Kanzaka, Rui Araizumi 2008
First published in Japan in 2008 by KADOKAWA CORPORATION, Tokyo.
Korean translation rights arranged with KADOKAWA CORPORATION, Tokyo.

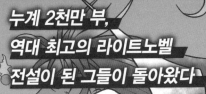

누계 2천만 부,
역대 최고의 라이트노벨
전설이 된 그들이 돌아왔다

수왕을 섬기는 마족, 신관 제로스의 길안내로 가이리아 시티에 도착한 리나 일행.
이 나라에는 수많은 전설이 잠들어 있으며, 클리어 바이블 역시 그중 하나였다!
그곳에서는 장군 라샤트가 군비를 확충 중인데 왠지 수상쩍은 냄새가 풍겨오는데!
수많은 음모가 소용돌이치는 가운데, 리나는 골든 드래곤의 도움을 받아
마침내 클리어 바이블이 있는 곳에 도달한다.
곧장 마족에 대항할 수단을 찾기 시작한 리나는…

HAJIME KANZAKA 칸자카 하지메 일러스트 | 아라이즈미 루이 번역 | 김영종

슬레이어즈 ①

마룡왕의 도전

누계 2천만 부,
역대 최고의 라이트노벨
전설이 된 그들이 돌아왔다

마룡왕 가브와 절망적인 싸움 와중에 마족 암약 사건의 흑막이 드러났다!
무대에 나타난 흑막의 이름은 헬마스터 피브리조!
가우리가 인질로 붙잡히자,
리나는 피브리조와 결코 원하지 않던 대결을 벌이게 된다.
하지만 마룡왕의 원한을 갚기 위해 리나의 목숨을 노리는
용장군 라샤트가 그들의 앞길을 가로막는다.
판타지 소설의 금자탑, 여기 등장!

HAJIME KANZAKA 칸자카 하지메 일러스트 | 아라이즈미 루이 번역 | 김영종

슬레이어즈 ⑧
사령도시의 왕